HISTORIAS Y CUENTOS DE GALICIA

EMILIA PARDO BAZÁN

UN DESTRIPADOR DE ANTAÑO

La leyenda del "destripador", asesino medio sabio y medio brujo, es muy antigua en mi tierra. La oí en tiernos años, susurrada o salmodiada en terroríficas estrofas, quizá al borde de mi cuna, por la vieja criada, quizá en la cocina aldeana, en la tertulia de los gañanes, que la comentaban con estremecimientos de temor o risotadas oscuras. Volvió a aparecérseme, como fantasmagórica creación de Hoffmann, en las sombrías y retorcidas callejuelas de un pueblo que hasta hace poco permaneció teñido de colores medievales, lo mismo que si todavía hubiese peregrinos en el mundo y resonase aún bajo las bóvedas de la catedral el himno de Ultreja. Más tarde, el clamoreo de los periódicos, el pánico vil de la ignorante multitud, hacen surgir de nuevo en mi fantasía el cuento, trágico y ridículo como Quasimodo, jorobado con todas las jorobas que afean al ciego Terror y a la Superstición infame. Voy a contarlo. Entrad conmigo valerosamente en la zona de sombra del alma.

- I -

Un paisajista sería capaz de quedarse embelesado si viese aquel molino de la aldea de Tornelos. Caído en la vertiente de una montañuela, dábale alimento una represa que formaba lindo estanque natural, festoneado de canas y poas, puesto, como espejillo de mano sobre falda verde, encima del terciopelo de un prado donde crecían áureos ranúnculos y en otoño abrían sus corolas moradas y elegantes lirios. Al otro lado de la represa habían trillado sendero el pie del hombre y el casco de los asnos que iban y volvían cargados de sacas, a la venida con maíz, trigo y centeno en grano, al regreso, con harina oscura, blanca o amarillenta. ¡Y qué bien "componía", coronando el rústico molino y la pobre casuca de los molineros, el gran castaño de horizontales ramas y frondosa copa, cubierto en verano de pálida y desmelenada flor; en octubre de picantes y reventones erizos! ¡Cuán gallardo y majestuoso se perfilaba sobre la azulada cresta del monte, medio velado entre la cortina gris del

humo que salía, no por la chimenea -pues no la tenía la casa del molinero, ni aun hoy la tienen muchas casas de aldeanos de Galicia-, sino por todas partes; puertas, ventanas, resquicios del tejado y grietas de las desmanteladas paredes!

El complemento del asunto -gentil, lleno de poesía, digno de que lo fijase un artista genial en algún cuadro idílico- era una niña como de trece a catorce años, que sacaba a pastar una vaca por aquellos ribazos siempre tan floridos y frescos, hasta en el rigor del estío, cuando el ganado languidece por falta de hierba. Minia encarnaba el tipo de la pastora: armonizaba con el fondo. En la aldea la llamaba roxa, pero en sentido de rubia, pues tenía el pelo del color del cerro que a veces hilaba, de un rubio pálido, lacio, que, a manera de vago reflejo lumínico, rodeaba la carita, algo tostada por el sol, oval y descolorida, donde sólo brillaban los ojos con un toque celeste, como el azul que a veces se entrevé al través de las brumas del montañés celaje. Minia cubría sus carnes con un refajo colorado, desteñido ya por el uso; recia camisa de estopa velaba su seno, mal desarrollado aún; iba descalza, y el pelito lo llevaba envedijado y revuelto y a veces mezclado -sin asomo de ofeliana coquetería- con briznas de paja o tallos de los que segaba para la vaca en los linderos de las heredades. Y así y todo, estaba bonita, bonita como un ángel, o, por mejor decir, como la patrona del santuario próximo, con la cual ofrecía -al decir de las gentes- singular parecido.

La célebre patrona, objeto de fervorosa devoción para los aldeanos de aquellos contornos, era un "cuerpo santo", traído de Roma por cierto industrioso gallego, especie de Gil Blas, que, habiendo llegado, por azares de la fortuna a servidor de un cardenal romano, no pidió otra recompensa, al terminar, por muerte de su amo, diez años de buenos y leales servicios, que la urna y efigie que adornaban el oratorio del cardenal. Diéronselas y las trajo a su aldea, no sin aparato. Con sus ahorrillos y alguna ayuda del arzobispo, elevó modesta capilla, que a los pocos años de su muerte las limosnas de los fieles, la súbita devoción despertada en muchas leguas a la redonda, transformaron en rico santuario, con su gran iglesia barroca y su buena vivienda para el santero, cargo que desde luego asumió el párroco, viniendo así a convertirse aquella olvidada parroquia de montaña en pingue canonjía. No era fácil averiguar con rigurosa exactitud histórica, ni apoyándose en documentos fehacientes e incontrovertibles, a quién habría pertenecido el huesecillo del cráneo humano incrustado en la cabeza de cera de la Santa. Solo un papel amarillento, escrito con letra menuda y firme y pegado en el fondo de la urna, afirmaba ser aquellas las reliquias de la bienaventurada Herminia, noble virgen que padeció martirio bajo Diocleciano. Inútil parece buscar en las actas de los mártires el nombre y género de muerte de la bienaventurada Herminia. Los aldeanos tampoco lo preguntaban, ni ganas de meterse en tales honduras. Para ellos, la Santa no era figura de cera, sino el mismo cuerpo incorrupto; del nombre germánico de la mártir hicieron el gracioso y familiar de Minia, y a fin de apropiárselo mejor, le añadieron el de la parroquia, llamándola Santa Minia de Tornelos. Poco les importaba a los devotos montañeses el cómo ni el cuándo de su Santa; veneraban en ella la Inocencia y el Martirio, el heroísmo de la debilidad; cosa sublime.

A la rapaza del molino le habían puesto Minia en la pila bautismal, y todos los años, el día de la fiesta de su patrona, arrodillábase la chiquilla delante de la urna tan embelesada con la contemplación de la Santa, que ni acertaba a mover los labios rezando. La fascinaba la efigie, que para ella también era un cuerpo real, un verdadero cadáver. Ello es que la Santa estaba preciosa; preciosa y terrible a la vez. Representaba la cérea figura a una jovencita como de quince años, de perfectas facciones pálidas. Al través de sus párpados cerrados por la muerte, pero ligeramente revulsos por la contracción de la agonía, veíanse brillar los ojos de cristal con misterioso brillo. La boca, también entreabierta, tenía los labios lívidos, y transparecía el esmalte de la dentadura. La cabeza, inclinada sobre el almohadón de seda carmesí que cubría un encaje de oro ya deslucido, ostentaba encima del pelo rubio una corona de rosas de plata; y la postura permitía ver perfectamente la herida de la garganta, estudiada con clínica exactitud; las cortadas arterias, la laringe, la sangre, de la cual algunas gotas negreaban sobre el cuello. Vestía la Santa dalmática de brocado verde sobre túnica de tafetán color de caramelo, atavío más teatral que romano en el cual entraban como elemento ornamental bastantes lentejuelas e hililos de oro. Sus manos, finísimamente modeladas y exangües, se cruzaban sobre la palma de su triunfo. Al través de los vidrios de la urna, al reflejo de los cirios, la polvorienta imagen y sus ropas, ajadas por el transcurso del tiempo, adquirían vida sobrenatural. Diríase que la herida iba a derramar sangre fresca.

La chiquilla volvía de la iglesia ensimismada y absorta. Era siempre de pocas palabras; pero un mes después de la fiesta patronal, difícilmente salía de su mutismo, ni se veía en sus labios la sonrisa, a no ser que los vecinos le dijesen que "se parecía mucho con la Santa".

Los aldeanos no son blandos de corazón; al revés, suelen tenerlo tan duro y callado como las palmas de las manos; pero cuando no esta en juego su interés propio, poseen cierto instinto de justicia que los induce a tomar el partido del débil oprimido por el fuerte. Por eso miraban a Minia con profunda lástima. Huérfana de padre y madre, la chiquilla vivía con sus tíos. El padre de Minia era molinero, y se había muerto de intermitentes palúdicas, mal frecuente en los de su oficio; la madre le siguió al sepulcro, no arrebatada de pena, que en una aldeana sería extraño género de muerte, sino a poder de un dolor de costado que tomó saliendo sudorosa de cocer la hornada de maíz. Minia quedó solita a la edad de año y medio, recién destetada. Su tío, Juan Ramón -que se ganaba la vida trabajosamente en el oficio de albañil, pues no era amigo de labranza-, entró en el molino como en casa propia, y, encontrando la industria ya fundada, la clientela establecida, el negocio entretenido y cómodo, ascendió a molinero, que en la aldea es ascender a personaje. No tardó en ser su consorte la moza con quien tenía trato, y de quien poseía ya dos frutos de maldición: varón y hembra. Minia y estos retoños crecieron mezclados, sin más diferencia aparente sino que los chiquitines decían al molinero y a la molinera papai y mamai, mientras Minia, aunque nadie se lo hubiese enseñado, no los llamó nunca de otro modo que "señor tío" y "señora tía".

Si se estudiase a fondo la situación de la familia, se verían diferencias más graves. Minia vivía relegada a la condición de criada o moza de faena. No es decir que sus primos no trabajasen, porque el trabajo a nadie perdona en casa del labriego; pero las labores más viles, las tareas más duras, guardábanse para Minia. Su prima Melia, destinada por su madre a costurera, que es entre las campesinas profesión aristocrática, daba a la aguja en una sillita, y se divertía oyendo los requiebros bárbaros y las picardihuelas de los mozos y mozas que acudían al molino y se pasaban allí la noche en vela y broma, con notoria ventaja del diablo y no sin frecuente e ilegal acrecentamiento de nuestra especie. Minia era quien ayudaba a cargar el carro de tojo; la que, con sus manos diminutas, amasaba el pan; la que echaba de comer al becerro, al cerdo y a las gallinas; la que llevaba a pastar la vaca, y, encorvada y fatigosa, traía del monte el haz de leña, o del soto el saco de castañas, o el cesto de hierba del prado. Andrés, el mozuelo, no la ayudaba poco ni mucho; pasábase la vida en el molino, ayudando a la molienda y al maquileo, y de riola, fiesta, canto y repiqueteo de panderetas con los demás rapaces y rapazas. De esta temprana escuela de corrupción sacaba el muchacho pullas, dichos y barrabasadas que a veces molestaban a Minia, sin que ella supiese por qué ni tratase de comprenderlo.

El molino, durante varios años, produjo lo suficiente para proporcionar a la familia cierto desahogo. Juan Ramón tomaba el negocio con interés, estaba siempre a punto aguardando por la parroquia, era activo, vigilante y exacto. Poco a poco, con el desgaste de la vida que corre insensible y grata, resurgieron sus aficiones a la holgazanería y al bienestar, y empezaron los descuidos, parientes tan próximos de la ruina. ¡El bienestar! Para un labriego estriba en poca cosa: algo más del torrezno y unto en el pote, carne de vez en cuando, pantrigo a discreción, leche cuajada o fresca, esto distingue al labrador acomodado del desvalido. Después viene el lujo de la indumentaria: el buen traje de rizo, las polainas de prolijo pespunte, la camisa labrada, la faja que esmaltan flores de seda, el pañuelo majo y la botonadura de plata en el rojo chaleco. Juan Ramón tenía de estas exigencias, y acaso no fuesen ni la comida ni el traje lo que introducía desequilibrio en su presupuesto, sino la pícara costumbre, que iba arraigándose, de "echar una pinga" en la taberna del Canelo, primero, todos los domingos; luego, las fiestas de guardar; por último muchos días en que la Santa Madre Iglesia no impone precepto de misa a los fieles. Después de las libaciones, el molinero regresaba a su molino, ya alegre como unas pascuas, ya tétrico, renegando de su suerte y con ganas de arrimar a alguien un sopapo. Melia, al verle volver así, se escondía. Andrés, la primera vez que su padre le descargó un palo con la tranca de la puerta, se revolvió como una fiera, le sujetó y no le dejó ganas de nuevas agresiones; Pepona, la molinera, más fuerte, huesuda y recia que su marido, también era capaz de pagar en buena moneda el cachete; sólo quedaba Minia, víctima sufrida y constante. La niña recibía los golpes con estoicismo, palideciendo a veces cuando sentía vivo dolor -cuando, por ejemplo, la hería en la espinilla o en la cadera la punta de un zueco de palo-, pero no llorando jamás. La parroquia no ignoraba estos tratamientos, y algunas mujeres compadecían bastante a Minia. En las tertulias del atrio, después de misa; en las deshojas del maíz, en la romería del santuario, en las ferias, comenzaba a susurrarse que el molinero se empeñaba, que el molino se hundía, que en las maquilas robaban sin temor de Dios, y que no tardaría la rueda en pararse y los alguaciles en entrar allí para embargarles hasta la camisa que llevaban sobre los lomos.

Una persona luchaba contra la desorganización creciente de aquella humilde industria y aquel pobre hogar. Era Pepona, la molinera, mujer avara, codiciosa, ahorrona hasta de un ochavo, tenaz, vehemente y áspera. Levantada antes que rayase el día, incansable en el trabajo, siempre se la veía, ya inclinada labrando la tierra, ya en el molino regateando la maquila, ya trotando, descalza, por el camino de Santiago adelante con una cesta de huevos, aves y verduras en la cabeza, para ir a venderla al mercado. Mas ¿qué valen el cuidado y el celo, la economía sórdida de una mujer, contra el vicio y la pereza de dos hombres? En una mañana se bebía Juan Ramón, en una noche de tuna despilfarraba Andrés el fruto de la semana de Pepona.

Mal andaban los negocios de la casa, y peor humorada la molinera, cuando vino a complicar la situación un año fatal, año de miseria y sequía, en que, perdiéndose la cosecha del maíz y trigo, la gente vivió de averiadas habichuelas, de secos habones, de pobres y héticas hortalizas, de algún centeno de la cosecha anterior, roído ya por el cornezuelo y el gorgojo. Lo más encogido y apretado que se puede imaginar en el mundo, no acierta a dar idea del grado de reducción que consigue el estómago de un labrador gallego y la vacuidad a que se sujetan sus elásticas tripas en años así. Berzas espesadas con harina y suavizadas con una corteza de tocino rancio; y esto un día y otro día, sin sustancia de carne, sin gota de vino para reforzar un poco los espíritus vitales y devolver vigor al cuerpo. La patata, el pan del pobre, entonces apenas se conocía, porque no sé si dije que lo que voy contando ocurrió en los primeros lustros del siglo décimonono.

Considérese cuál andaría con semejante añada el molino de Juan Ramón. Perdida la cosecha, descansaba forzosamente la muela. El rodezno, parado y silencioso, infundía tristeza; semejaba el brazo de un paralítico. Los ratones, furiosos de no encontrar grano que roer, famélicos también ellos, correteaban alrededor de la piedra, exhalando agrios chillidos. Andrés, aburrido por la falta de la acostumbrada tertulia, se metía cada vez más en danzas y aventuras amorosas, volviendo a casa como su padre, rendido y enojado, con las manos que le hormigueaban por zurrar. Zurraba a Minia con mezcla de galantería rústica y de brutalidad, y enseñaba los dientes a su madre porque la pitanza era escasa y desabrida. Vago ya de profesión, andaba de feria en feria buscando lances, pendencias y copas. Por fortuna, en primavera cayó soldado y se fue con el chopo camino de la ciudad. Hablando como la dura verdad nos impone, confesaremos que la mayor satisfacción que pudo dar a su madre fue quitársele de la vista: ningún pedazo de pan traía a casa, y en ella solo sabía derrochar y gruñir, confirmando la sentencia: "Donde no hay harina, todo es mohína".

La víctima propiciatoria, la que expiaba todos los sinsabores y desengaños de Pepona, era..., ¿quién había de ser? Siempre había tratado Pepona a Minia con hostil indiferencia; ahora, con odio sañudo de impía madrastra. Para Minia los harapos; para Melia los refajos de grana; para Minia la cama en el duro suelo; para Melia un leito igual al de sus padres; a Minia se le arrojaba la corteza de pan de borona enmohecido, mientras el resto de la familia despachaba el caldo calentito y el compango de cerdo. Minia no se quejaba jamás. Estaba un poco más descolorida y perpetuamente absorta, y su cabeza se inclinaba a veces lánguidamente sobre el hombro, aumentándose entonces su parecido con la Santa. Callada, exteriormente insensible, la muchacha sufría en secreto angustia mortal, inexplicables mareos, ansias de llorar, dolores en lo más profundo y delicado de su organismo, misteriosa pena, y, sobre todo, unas ganas constantes de morirse para descansar yéndose al cielo... Y el paisajista o el poeta que cruzase ante el molino y viese el frondoso castaño, la represa con su agua durmiente y su orla de cañas, la pastorcilla rubia, que, pensativa, dejaba a la vaca saciarse libremente por el lindero orlado de flores, soñaría con idilios y haría una descripción apacible y encantadora de la infeliz niña golpeada y hambrienta, medio idiota ya a fuerza de desamores y crueldades.

Un día descendió mayor consternación que nunca sobre la choza de los molineros. Era llegado el plazo fatal para el colono: vencía el término del arriendo, y, o pagaba al dueño del lugar, o se verían arrojados de él y sin techo que los cobijase, ni tierra donde cultivar las berzas para el caldo. Y lo mismo el holgazán Juan Ramón que Pepona la diligente, profesaban a aquel quiñón de tierra el cariño insensato que apenas profesarían a un hijo pedazo de sus entrañas. Salir de allí se les figuraba peor que ir para la sepultura: que esto, al fin, tiene que suceder a los mortales, mientras lo otro no ocurre sino por impensados rigores de la suerte negra. ¿Dónde encontrarían dinero? Probablemente no había en toda la comarca las dos onzas que importaba la renta del lugar. Aquel año de miseria -calculó Pepona-, dos onzas no podían hallarse sino en la boeta o cepillo de Santa Minia. El cura si que tendría dos onzas, y bastantes más, cosidas en el jergón o enterradas en el huerto...

Esta probabilidad fue asunto de la conversación de los esposos, tendidos boca a boca en el lecho conyugal, especie de cajón con una abertura al exterior, y dentro un relleno de hojas de maíz y una raída manta. En honor de la verdad, hay que decir que a Juan Ramón, alegrillo con los cuatro tragos que había echado al anochecer para confortar el estómago casi vacío, no se le ocurría siquiera aquello de las onzas del cura hasta que se lo sugirió, cual verdadera Eva, su cónyuge; y es justo observar también que contestó a la tentación con palabras muy discretas, como si no hablase por su boca el espíritu parral.

-Oyes, tú, Juan Ramón... El clérigo sí que tendrá a rabiar lo que aquí nos falta... Ricas onciñas tendrá el clérigo.

¿Tú roncas, o me oyes, o qué haces?

-Bueno, ¡rayo!, y si las tiene, ¿qué rayos nos interesa? Dar, no nos las ha de dar.

-Darlas, ya se sabe; pero... emprestadas...

-¡Emprestadas! Sí, ve a que te empresten...

-Yo digo emprestadas así, medio a la fuerza... ¡Malditos!... No sois hombres, no tenéis de hombres sino la parola... Si estuviese aquí Andresiño..., un día..., al oscurecer...

-Como vuelvas a mentar eso, los diaños lleven si no te saco las muelas del bofetón...

-Cochinos de cobardes; aún las mujeres tenemos más riñones...

-Loba, calla; tú quieres perderme. El clérigo tiene escopeta... y a más quieres que Santa Minia mande una centella que mismamente nos destrice...

-Santa Minia es el miedo que te come...

-¡Toma, malvada!...

-¡Pellejo, borranchón!...

Estaba echada Minia sobre un haz de paja, a poca distancia de sus tíos, en esa promiscuidad de las cabañas gallegas, donde irracionales y racionales, padres e hijos, yacen confundidos y mezclados. Aterida de frío bajo su ropa, que había amontonado para cubrirse -pues manta Dios la diese-, entreoyó algunas frases sospechosas y confusas, las excitaciones sordas de la mujer, los gruñidos y chanzas vinosas del hombre. Tratábase de la Santa... Pero la niña no comprendió. Sin embargo, aquello le sonaba mal; le sonaba a ofensa, a lo que ella, si tuviese nociones de lo que tal palabra significa, hubiese llamado desacato. Movió los labios para rezar la única oración que sabía, y así rezando, se quedó traspuesta. Apenas le salteó el sueño, le pareció que una luz dorada y azulada llenaba el recinto de la choza. En medio de aquella luz, o formando aquella luz, semejante a la que despedía la "madama de fuego" que presentaba el cohetero en la fiesta patronal, estaba la Santa, no

reclinada, sino de pie, y blandiendo su palma como si blandiese un arma terrible. Minia creía oír distintamente estas palabras. "¿Ves? Los mato". Y mirando hacia el lecho de sus tíos, los vio cadáveres, negros, carbonizados, con la boca torcida y la lengua de fuera. En este momento se dejó oír el sonoro cántico del gallo; la becerrilla mugió en el establo, reclamando el pezón de su madre... Amanecía.

Si pudiese la niña hacer su gusto, se quedaría acurrucada entre la paja la mañana que siguió a su visión. Sentía gran dolor en los huesos, quebrantamiento general, sed ardiente. Pero la hicieron levantar, tirándola del pelo y llamándola holgazana, y, según costumbre, hubo de sacar el ganado. Con su habitual pasividad no replicó; agarró la cuerda y echó hacia el pradillo. La Pepona, por su parte, habiéndose lavado primero los pies y luego la cara en el charco más próximo a la represa del molino, y puéstose el dengue y el mantelo de los días grandes y también -lujo inaudito- los zapatos, colocó en una cesta hasta dos docenas de manzanas, una pella de manteca envuelta en una hoja de col, algunos huevos y la mejor gallina ponedora, y, cargando la cesta en la cabeza, salió del lugar y tomó el camino de Compostela con aire resuelto. Iba a implorar, a pedir un plazo, una prórroga, un perdón de renta, algo que les permitiese salir de aquel año terrible sin abandonar el lugar

querido, fertilizado con su sudor... Porque las dos onzas del arriendo..., ¡quia! en la boeta de Santa Minia o en el jergón del clérigo seguirían guardadas, por ser un calzonazos Juan Ramón y faltar de la casa Andresiño..., y no usar ella, en lugar de refajos, las mal llevadas bragas del esposo.

No abrigaba Pepona grandes esperanzas de obtener la menor concesión, el más pequeño respiro. Así se lo decía a su vecina y comadre Jacoba de Alberte, con la cual se reunió en el crucero, enterándose de que iba a hacer la misma jornada, pues Jacoba tenía que traer de la ciudad medicina para su hombre, afligido con un asma de todos los demonios, que no le dejaba estar acostado, ni por las mañanas casi respirar. Resolvieron las dos comadres ir juntas para tener menos miedo a los lobos o a los aparecidos, si al volver se les echaba la noche encima; y pie ante pie, haciendo votos porque no lloviese, pues Pepona llevaba a cuestas el fondito del arca, emprendieron su caminata charlando.

-Mi matanza -dijo la Pepona- es que no podré hablar cara a cara con el señor marqués, y al apoderado tendré que arrodillarme. Los señores de mayor señorío son siempre los más compadecidos del pobre. Los peores, los señoritos hechos a puñetazos, como don Mauricio, el apoderado; esos tienen el corazón duro como las piedras y le tratan a uno peor que a la suela del zapato. Le digo que voy allá como el buey al matadero.

La Jacoba, que era una mujercilla pequeña, de ojos ribeteados, de apergaminadas facciones, con dos toques, cual de ladrillos en los pómulos, contestó en voz plañidera:

-¡Ay comadre! Iba yo cien veces a donde va, y no quería ir una a donde voy. ¡Santa Minia nos valga! Bien sabe el Señor Nuestro Dios que me lleva la salud del hombre, porque la salud vale más que las riquezas. No siendo por amor de la salud, ¿quién tiene valor de pisar la botica de don Custodio?

Al oír este nombre, viva expresión de curiosidad azorada se pintó en el rostro de la Pepona y arrugóse su frente, corta y chata, donde el pelo nacía casi a un dedo de las tupidas cejas.

-¡Ay! Sí, mujer... Yo nunca allá fui. Hasta por delante de la botica no me da gusto pasar. Andan no sé qué dichos, de que el boticario hace "meigallos".

-Eso de no pasar, bien se dice; pero cuando uno tiene la salud en sus manos... La salud vale más que todos los bienes de este mundo; y el pobre que no tiene otro caudal sino la salud, ¿qué no hará por conseguirla? Al demonio era yo capaz de ir a pedirle en el infierno la buena untura para mi hombre. Un peso y doce reales llevamos gastados este año en botica, y nada; como si fuese agua de la fuente; que hasta es un pecado derrochar los cuartos así, cuando no hay una triste corteza para llevar a la boca. De manera es que ayer por la noche, mi hombre, que tosía que casi arreventaba, me dijo, dice: "¡Ei!, Jacoba: o tú vas a pedirle a don Custodio la untura, o yo espicho. No hagas caso del médico; no hagas caso, si a manos viene, ni de Cristo Nuestro Señor; a don Custodio has de ir; que si él quiere, del apuro me saca con sólo dos cucharaditas de los remedios que sabe hacer. Y no repares en dinero, mujer, no siendo que quiéraste quedar viuda." Así es que... -Jacoba metió

misteriosamente la mano en el seno y extrajo, envuelto en un papelito, un objeto muy chico- aquí llevo el corazón del arca... ¡un dobloncillo de a cuatro! Se me van los "espíritus" detrás de él; me cumplía para mercar ropa, que casi desnuda en carnes ando; pero primero es la vida del hombre, mi comadre..., y aquí lo llevo para el ladro de don Custodio. Asús me perdone.

La Pepona reflexionaba, deslumbrada por la vista del doblón y sintiendo en el alma una oleada tal de codicia que la sofocaba casi.

-Pero diga, mi comadre -murmuró con ahínco, apretando sus grandes dientes de caballo y echando chispas por los ojuelos-. Diga: ¿cómo hará don Custodio para ganar tantos cuartos? ¿Sabe qué se cuenta por ahí? Que mercó este año muchos lugares del marqués. Lugares de los más riquísimos. Dicen que ya tiene mercados dos mil ferrados de trigo de renta.

-¡Ay, mi comadre! ¿Y cómo quiere que no gane cuartos ese hombre que cura todos los males que el Señor inventó? Miedo da el entrar allí; pero cuando uno sale con la salud en la mano... Ascuche: ¿quién piensa que le quitó la reúma al cura de Morlán? Cinco años llevaba en la cama, baldado, imposibilitado..., y de repente un día se levanta, bueno, andando como usté y como yo. Pues, ¿qué fue? La untura que le dieron en los cuadriles, y que le costó media onza en casa de don Custodio. ¿Y el tío Gorio, el posadero de Silleda? Ese fue mismo cosa de milagro. Ya le tenían puesto los santolios, y traerle un agua blanca de don Custodio... y como si resucitara.

-¡Qué cosas hace Dios!

-¿Dios? -contestó la Jacoba-. A saber si las hace Dios o el diaño... Comadre, le pido de favor que me ha de acompañar cuando entre en la botica...

-Acompañaré.

Cotorreando así, se les hizo llevadero el camino a las dos comadres. Llegaron a Compostela a tiempo que las campanas de la catedral y de numerosas iglesias tocaban a misa, y entraron a oírla en las Ánimas, templo muy favorito de los aldeanos, y, por tanto, muy gargajoso, sucio y maloliente. De allí, atravesando la plaza llamada del pan, inundada de vendedoras de molletes y cacharros, atestada de labriegos y de caballerías, se metieron bajo los soportales, sustentados por columnas de bizantinos capiteles, y llegaron a la temerosa madriguera de don Custodio.

Bajábase a ella por dos escalones, y entre esto y que los soportales roban luz, encontrábase siempre la botica sumergida en vaga penumbra, resultado a que cooperaban también los vidrios azules, colorados y verdes, innovación entonces flamante y rara. La anaquelería ostentaba aún esos pintorescos botes que hoy se estiman como objeto de arte, y sobre los cuales se leían, en letras góticas, rótulos que parecen fórmulas de alquimia: "Rad. Polip. Q.", "Ra, Su. Eboris", "Stirac. Cala", y otros letreros de no menos siniestro cariz. En un sillón de vaqueta, reluciente ya por el uso, ante una mesa, donde un atril abierto sostenía voluminoso libro, hallábase el boticario, que leía cuando entraron las dos aldeanas, y que al verlas entrar se levantó. Parecía hombre de unos cuarenta y tantos años; era de rostro chupado, de hundidos ojos y sumidos carrillos, de barba picuda y gris, de calva primeriza y ya lustrosa, y con aureola de largas melenas, que empezaban a encanecer: una cabeza macerada y simpática de santo penitente o de doctor alemán emparedado en su laboratorio. Al plantarse delante de las dos mujeres, caía sobre su cara el reflejo de uno de los vidrios azules, y realmente se la podía tomar por efigie de escultura. No habló palabra, contentándose con mirar fijamente a las comadres. Jacoba temblaba cual si tuviese azogue en las venas y la Pepona, más atrevida, fue la que echó todo el relato del asma, y de la untura, y del compadre enfermo, y del doblón. Don Custodio asintió, inclinando gravemente la cabeza: desapareció tres minutos tras la cortina de sarga roja que ocultaba la entrada de la rebotica; volvió con un frasquito cuidadosamente lacrado; tomó el doblón, sepultólo en el cajón de la mesa, y volviendo a la Jacoba un peso duro, contentóse con decir:

-Úntele con esto el pecho por la mañana y por la noche -y sin más se volvió a su libro.

Miráronse las comadres, y salieron de la botica como alma que lleva el diablo; Jacoba, fuera ya se persignó.

Serían las tres de la tarde cuando volvieron a reunirse en la taberna, a la entrada de la carretera donde comieron un "taco" de pan y una corteza de queso duro, y echaron al cuerpo el consuelo de dos deditos de aguardiente. Luego emprendieron el retorno. La Jacoba iba alegre como unas pascuas; poseía el remedio para su hombre; había vendido bien medio ferrado de habas, y de su caro doblón un peso quedaba aún por misericordia de don Custodio. Pepona, en cambio, tenía la voz ronca y encendidos los ojos; sus cejas se juntaban más que nunca; su cuerpo, grande y tosco, se doblaba al andar, cual si le hubiesen administrado alguna soberana paliza. No bien salieron a la carretera, desahogó sus cuitas en amargos lamentos; el ladrón de don Mauricio, como si fuese sordo de nacimiento o verdugo de los infelices:

-"La renta, o salen del lugar." ¡Comadre! Allí lloré, grité, me puse de rodillas, me arranqué los pelos, le pedí por el alma de su madre y de quien tiene en el otro mundo. Él, tieso: "La renta, o salen del lugar. El atraso de ustedes ya no viene de este año, ni es culpa de la mala cosecha... Su marido bebe, y su hijo es otro que bien baila... El señor marqués le diría lo mismo... Quemado está con ustedes... Al marqués no le gustan borrachos en sus lugares." Yo repliquéle: "Señor, venderemos los bueyes y la vaquiña..., y luego, ¿con qué labramos? Nos venderemos por esclavos nosotros..." "La renta, les digo... y lárguese ya." Mismo así, empurrando, empurrando..., echóme por la puerta. ¡Ay! Hace bien en cuidar a su hombre, señora Jacoba... ¡Un hombre que no bebe! A mí me ha de llevar a la sepultura aquel pellejo... Si le da por enfermarse, con medicina que yo le compre no sanará.

En tales pláticas iban entreteniendo las dos comadres el camino. Como en invierno anochece pronto, hicieron por atajar, internándose hacia el monte, entre espesos pinares. Oíase el toque del Ángelus en algún campanario distante, y la niebla, subiendo del río, empezaba a velar y confundir los objetos. Los pinos y los zarzales se esfumaban entre aquella vaguedad gris, con espectral apariencia. A las labradoras les costaba trabajo encontrar el sendero.

-Comadre -advirtió, de pronto y con inquietud, Jacoba-, por Dios le encargo que no cuente en la aldea lo del unto...

-No tenga miedo, comadre... Un pozo es mi boca.

-Porque si lo sabe el señor cura, es capaz de echarnos en misa una pauliña...

-¿Y a él qué le interesa?

-Pues como dicen que esta untura "es de lo que es"...

-¿De qué?

-¡Ave María de gracia, comadre! -susurró Jacoba, deteniéndose y bajando la voz, como si los pinos pudiesen oírla y delatarla-. ¿De veras no lo sabe? Me pasmo. Pues hoy, en el mercado, no tenían las mujeres otra cosa que decir, y las mozas primero se dejaban hacer trizas que llegarse al soportal. Yo, si entré allí, es porque de moza ya he pasado; pero vieja y todo, si usté no me acompaña, no pongo el pie en la botica. ¡La gloriosa Santa Minia nos valga!

-A fe, comadre, que no sé ni esto... Cuente, comadre, cuente... Callaré lo mismo que si muriera.

-¡Pues si no hay más de qué hablar, señora! ¡Asús querido! Estos remedios tan milagrosos, que resucitan a los difuntos, hácelos don Custodio con "unto de moza".

-¿Unto de moza...?

-De moza soltera, rojiña, que ya esté en sazón de poder casar. Con un cuchillo le saca las mantecas, y va y las derrite, y prepara los medicamentos. Dos criadas mozas tuvo, y ninguna se sabe qué fue de ella, sino que, como si la tierra se las tragase, que desaparecieron y nadie las volvió a ver. Dice que ninguna persona humana ha entrado en la trasbotica; que allí tiene una "trapela", y que muchacha que entre y pone el pie en la "trapela"..., ¡plas!, cae en un pozo muy hondo, muy hondísimo, que no se puede medir la profundidad que tiene..., y allí el boticario le arranca el unto.

Sería cosa de haberle preguntado a la Jacoba a cuántas brazas bajo tierra estaba situado el laboratorio del destripador de antaño; pero las facultades analíticas de la Pepona eran menos profundas que el pozo, y limitóse a preguntar con ansia mal definida:

-¿Y para "eso" sólo sirve el unto de las mozas?

-Sólo. Las viejas no valemos ni para que nos saquen el unto siquiera.

Pepona guardó silencio. La niebla era húmeda: en aquel lugar montañoso convertíase en "brétema", e imperceptible y menudísima llovizna calaba a las dos comadres, transidas de frío y ya asustadas por la oscuridad. Como se internasen en la escueta gándara que precede al lindo vallecito de Tornelos, y desde la cual ya se divisa la torre del santuario, Jacoba murmuró con apagada voz:

-Mi comadre..., ¿no es un lobo eso que por ahí va?

-¿Un lobo? -dijo, estremeciéndose, Pepona.

-Por allí..., detrás de aquellas piedras... dicen que estos días ya llevan comida mucha gente. De un rapaz de Morlán sólo dejaron la cabeza y los zapatos. ¡Asús!

El susto del lobo se repitió dos o tres veces antes de que las comadres llegasen a avistar la aldea. Nada, sin embargo, confirmó sus temores, ningún lobo se les vino encima. A la puerta de la casucha de Jacoba despidiéronse, y Pepona entró sola en su miserable hogar. Lo primero con que tropezó en el umbral de la puerta fue con el cuerpo de Juan Ramón, borracho como una cuba, y al cual fue preciso levantar entre maldiciones y reniegos, llevándole en peso a la cama. A eso de medianoche, el borracho salió de su sopor, y con estropajosas palabras acertó a preguntar a su mujer qué teníamos de la renta. A esta pregunta, y a su desconsoladora contestación, siguieron reconvenciones, amenazas, blasfemias, un cuchicheo raro, acalorado, furioso. Minia, tendida sobre la paja, prestaba oído; latíale el corazón; el pecho se le oprimía; no respiraba; pero llegó un momento en que Pepona, arrojándose del lecho, le ordenó que se trasladase al otro lado de la cabaña, a la parte donde dormía el ganado. Minia cargó con su brazado de paja, y se acurrucó no lejos del establo, temblando de frío y susto. Estaba muy cansada aquel día; la ausencia de Pepona la había obligado a cuidar de todo, a hacer el caldo, a coger hierba, a lavar, a cuantos menesteres y faenas exigía la casa... Rendida de fatiga y atormentada por las singulares desazones de costumbre, por aquel desasosiego que la molestaba, aquella opresión indecible, ni acababa de venir el sueño a sus párpados ni de aquietarse su espíritu. Rezó maquinalmente, pensó en la Santa, y dijo entre sí, sin mover los labios: "Santa Minia querida, llévame pronto al Cielo; pronto, pronto..." Al fin se quedó, si no precisamente dormida, al menos en ese estado mixto propicio a las visiones, a las revelaciones psicológicas y hasta a las revoluciones físicas. Entonces le pareció, como la noche anterior, que veía la efigie de la mártir; solo que, ¡cosa rara!, no era la Santa; era ella misma, la pobre rapaza huérfana de todo amparo, quien estaba allí tendida en la urna de cristal, entre los cirios, en la iglesia. Ella tenía la corona de rosas; la dalmática de brocado verde cubría sus hombros; la palma la agarraban sus manos pálidas y frías; la herida sangrienta se abría en su propio pescuezo, y por allí se la iba la vida, dulce, insensiblemente, en oleaditas de sangre muy suaves, que al salir la dejaban tranquila, extática, venturosa... Un suspiro se escapó del pecho de la niña; puso los ojos en blanco, se estremeció..., y quedóse completamente inerte. Su última impresión confusa fue que ya había llegado al cielo, en compañía de la Patrona.

- III -

En aquella rebotica, donde, según los autorizados informes de Jacoba de Alberte, no entraba nunca persona humana, solía hacer tertulia a don Custodio las más noches un canónigo de la Santa Metropolitana Iglesia, compañero de estudios del farmacéutico, hombre ya maduro, sequito como un pedazo de yesca, risueño, gran tomador de tabaco. Este tal era constante amigo e íntimo confidente de don Custodio, y, a ser verdad los horrendos crímenes que al boticario atribuía el vulgo, ninguna persona más a propósito para guardar el secreto de tales abominaciones que el canónigo don Lucas Llorente, el cual era la quinta esencia del misterio y de la incomunicación con el público profano. El silencio, la reserva más absoluta tomaba en Llorente proporciones y carácter de manía. Nada dejaba transparentar de su vida, y acciones, aun las más leves e inocentes. El lema del canónigo era: "Que nadie sepa cosa alguna de ti." Y aun añadía (en la intimidad de la trasbotica): "Todo lo que averigua la gente acerca de lo que hacemos o pensamos, lo convierte en arma nociva y mortífera. Vale más que invente que no edifique sobre el terreno que le ofrezcamos nosotros mismos."

Por este modo de ser y por la inveterada amistad, don Custodio le tenía por confidente absoluto, y sólo con él hablaba de ciertos asuntos graves, y sólo de él se aconsejaba en los casos peligrosos o difíciles. Una noche en que, por señas, llovía a cántaros, tronaba y relampagueaba a trechos, encontró Llorente al boticario agitado, nervioso, semiconvulso. Al entrar el canónigo se arrojó hacia él, y tomándole las manos y arrastrándole hacia el fondo de la rebotica, donde, en vez de la pavorosa "trapela" y el pozo sin fondo, había armarios, estantes, un canapé y otros trastos igualmente inofensivos, le dijo con voz angustiosa:

-¡Ay, amigo Llorente! ¡De qué modo me pesa haber seguido en todo tiempo sus consejos de usted, dando pábulo a las hablillas de los necios! A la verdad, yo debí desde el primer día desmentir cuentos absurdos y disipar estúpidos rumores... Usted me aconsejó que no hiciese nada, absolutamente nada, para modificar la idea que concibió el vulgo de mí, gracias a mi vida retraída, a los viajes que realicé al extranjero para aprender los adelantos de mi profesión, a mi soltería y a la maldita casualidad (aquí el boticario titubeó un poco) de que dos criadas... jóvenes..., hayan tenido que marcharse secretamente de casa, sin dar cuenta al público de los motivos de su viaje...; porque..., ¿qué calabazas le importaba al público los tales motivos. Me hace usted el favor de decir? Usted me repetía siempre: "Amigo Custodio, deje correr la bola; no se empeñe nunca en desengañar a los bobos, que al fin no se desengañan, e interpretan mal los esfuerzos que se hacen para combatir sus preocupaciones. Que crean que usted fabrica sus ungüentos con grasa de difunto y que se los paguen más caros por eso, bien; dejadles, dejadles que rebuznen. Usted véndales remedios buenos, y nuevos de la farmacopea moderna, que asegura usted está muy adelantada allá en esos países estranjeros que usted visitó. Cúrense las enfermedades, y crean los imbéciles que es por arte de birlibirloque. La borricada mayor de cuantas hoy inventan y propalan los malditos liberales es esa de "ilustrar a las multitudes". ¡Buena ilustración te dé Dios! Al pueblo no puede ilustrársele. Es y será eternamente un hatajo de babiecas, una recua de jumentos. Si le presenta usted las cosas naturales y racionales, no las cree. Se pirra por lo raro, estrambótico, maravilloso e imposible. Cuanto más gorda es una rueda de molino, tanto más aprisa la comulga. Con que, amigo Custodio, usted deje de andar la procesión, y si puede, apande el estandarte... Este mundo es una danza..."

-Cierto -interrumpió el canónigo, sacando su cajita de rapé y torturando entre las yemas el polvito-; eso le debí decir; y qué, ¿tan mal le ha ido a usted con mis consejos? Yo creí que el cajón de la botica estaba de duros a reventar, y que recientemente había usted comprado unos lugares muy hermosos en Valeiro.

-¡Los compré, los compré; pero también los amargo! -exclamó el farmacéutico-. ¡Si le cuento a usted lo que me ha pasado hoy! Vaya, discurra. ¿Qué creerá usted que me ha sucedido? Por mucho que prense el entendimiento para idear la mayor barbaridad... lo que es con esta no acierta usted, ni tres como usted.

-¿Qué ha sido ello?

-¡Verá, verá! Esto es lo gordo. Entra hoy en mi botica, a la hora en que estaba completamente solo, una mujer de la aldea, que ya había venido días atrás con otra a pedirme un remedio para el asma: una mujer alta, de rostro duro, cejijunta, con la mandíbula saliente, la frente chata y los ojos como dos carbones. Un tipo imponente, créalo usted. Me dice que quiere hablarme en secreto y después de verse a solas conmigo en sitio seguro, resulta... ¡Aquí entra lo mejor! Resulta que viene a ofrecerme el unto de una muchacha, sobrina suya, casadera ya, virgen, roja, con todas las condiciones requeridas, en fin, para que el unto convenga a los remedios que yo acostumbro hacer... ¿Qué dice usted de esto, canónigo? A tal punto hemos llegado. Es por ahí cosa corriente y moliente que yo destripo a las mozas, y que con las mantecas que les saco compongo esos remedios maravillosos, ¡puf!, capaces hasta de resucitar a los difuntos. La mujer me lo aseguró. ¿Lo está usted viendo? ¿Comprende la mancha que sobre mí ha caído? Soy el terror de las aldeas, el espanto de las muchachas y el ser más aborrecible y más cochino que puede concebir la imaginación.

Un trueno lejano y profundo acompañó las últimas palabras del boticario. El canónigo se reía, frotando sus manos sequitas y meneando alegremente la cabeza. Parecía que hubiere logrado un grande y apetecido triunfo.

-Yo sí que digo: ¿lo ve usted, hombre? ¿Ve cómo son todavía más bestias, animales, cinocéfalos y mamelucos de lo que yo mismo pienso? ¿Ve cómo se les ocurre siempre la mayor barbaridad, el desatino de más grueso calibre y la burrada más supina? Basta que usted sea el hombre más sencillo, bonachón y pacífico del orbe; basta que tenga usted ese corazón blandufo, que se interese usted por las calamidades ajenas, aunque le importen un rábano; que sea usted incapaz de matar a una mosca y sólo piense en sus librotes, en sus estudios, y en sus químicas, para que los grandísimos salvajes le tengan por monstruo horrible, asesino, reo de todos los crímenes y abominaciones.

-Pero ¿quién habrá inventado estas calumnias, Llorente?

-¿Quién? La estupidez universal..., forrada en la malicia universal también. La bestia del Apocalipsis..., que es el vulgo, créame, aunque San Juan no lo haya dejado muy claramente dicho.

-¡Bueno! Así será; pero yo, en lo sucesivo, no me dejo calumniar más. No quiero; no, señor. ¡Mire usted qué conflicto! ¡A poco que me descuide, una chica muerta por mi culpa! Aquella fiera, tan dispuesta a acogotarla. Figúrese usted que repetía: "La despacho y la dejo en el monte, y digo que la comieron los lobos. Andan muchos por este tiempo del año, y verá cómo es cierto, que al día siguiente aparece comida." ¡Ay canónigo! ¡Si usted viese el trabajo que me costó convencer a aquella caballería mayor de que ni yo saco el unto a nadie ni he soñado en tal! Por más que la repetía: "Eso es una animalada que corre por ahí, una infamia, una atrocidad, un desatino, una picardía; y como yo averigüe quién es el que lo propala, a ese sí que le destripo", la mujer firme como un poste, y erre que erre, "señor, dos onzas nada más... Todo calladito, todo calladito..., en dos onzas, tiene los untos. Otra proporción tan buena no la encuentra nunca." ¡Qué víbora malvada! Las furias del infierno deben de tener una cara así... Le digo a usted que me costó un triunfo persuadirla. No quería irse. A poco la echo con un garrote.

-¡Y ojalá que la haya usted persuadido! -articuló el canónigo, repentinamente preocupado y agitado, dando vueltas a la tabaquera entre los dedos-. Me temo que ha hecho usted un pan como unas hostias. ¡Ay Custodio! La ha errado usted. Ahora sí que juro yo que la ha errado.

-¿Qué dice usted, hombre, o canónigo, o demonio? -exclamó el boticario, saltando en su asiento alarmadísimo.

-Que la ha errado usted. Nada, que ha hecho una tontería de marca mayor por figurarse, como siempre, que en esos brutos cabe una chispa de razón natural, y que es lícito o conducente para algo el decirles la verdad y argüirles con ella y alumbrarlos con las luces del intelecto. A tales horas, probablemente la chica está en la gloria, tan difunta como mi abuela... mañana por la mañana, o pasado le traen el unto envuelto en un trapo... ¡Ya lo verá!

-Calle, calle... No puedo oír eso. Eso no cabe en cabeza humana... ¿Yo qué debí hacer? ¡Por Dios, no me vuelva loco!

-¿Que qué debió hacer? Pues lo contrario de lo razonable, lo contrario de lo verdadero, lo contrario de lo que haría usted conmigo o con cualquiera otra persona capaz de sacramentos, y aunque quizá tan mala como el populacho, algo menos bestia... Decirles que sí, que usted compraba el unto en dos onzas, o en tres, o en ciento...

-Pero entonces...

-Aguarde, déjeme acabar... Pero que el unto sacado por ellos de nada servía. Que usted en persona tenía que hacer la operación y por consiguiente, que le trajesen a la muchachita sanita y fresca... Y cuando la tuviese segura en su poder, ya echaríamos mano de la Justicia para prender y castigar a los malvados... ¿Pues no ve usted claramente que esa es una criatura de la cual se quieren deshacer, que les estorba, o porque es una boca más o porque tiene algo y ansían heredarla? ¿No se le ha ocurrido que una atrocidad así se decide en un día, pero se prepara y fermenta en la conciencia a veces largos años? La chica está sentenciada a muerte. Nada; crea usted que a estar horas...

Y el canónigo blandió la tabaquera, haciendo el expresivo ademán del que acogota.

-¡Canónigo, usted acabará conmigo! ¿Quién duerme ya esta noche? Ahora mismo ensillo la yegua y me largo a Tornelos...

Un trueno más cercano y espantoso contestó al boticario que su resolución era impracticable. El viento mugió y la lluvia se desencadenó furiosa, aporreando los vidrios.

-¿Y usted afirma -preguntó con abatimiento don Custodio- que serán capaces de tal iniquidad?

-De todas. Y de inventar muchísimas que aún no se conocen. ¡La ignorancia es invencible, y es hermana del crimen!

-Pues usted -arguyó el boticario- bien aboga por la perpetuidad de la ignorancia.

-¡Ay amigo mío! -respondió el oscurantista-. ¡La ignorancia es un mal. Pero el mal es necesario y eterno, de tejas abajo, en este pícaro mundo! Ni del mal ni de la muerte conseguiremos jamás vernos libres.

¡Qué noche pasó el honrado boticario tenido, en concepto del pueblo, por el monstruo más espantable y a quien tal vez dos siglos antes hubiesen procesado acusándole de brujería!

Al amanecer echó la silla a la yegua blanca que montaba en sus excursiones al campo y tomó el camino de Tornelos. El molino debía de servirle de seña para encontrar presto lo que buscaba.

El sol empezaba a subir por el cielo, que después de la tormenta se mostraba despejado y sin nubes, de una limpidez radiante. La lluvia que cubría las hierbas se empapaban ya, y secábase el llanto derramado sobre los zarzales por la noche. El aire diáfano y transparente, no excesivamente frío, empezaba a impregnarse de olores ligeros que exhalaban los mojados pinos. Una pega, manchada de negro y blanco, saltó casi a los pies del caballo de don Custodio. Una liebre salió de entre los matorrales, y loca de miedo, graciosa y brincadora, pasó por delante del boticario.

Todo anunciaba uno de esos días espléndidos de invierno que en Galicia suelen seguir a las noches tempestuosas y que tienen incomparable placidez, y el boticario, penetrado por aquella alegría del ambiente, comenzaba a creer que todo lo de la víspera era un delirio, una pesadilla trágica o una extravagancia de su amigo. ¿Cómo podía nadie asesinar a nadie, y así, de un modo tan bárbaro e inhumano? Locuras, insensateces, figuraciones del canónigo. ¡Bah! En el molino, a tales horas, de fijo que estarían preparándose a moler el grano. Del santuario de Santa Minia venía, conducido por la brisa, el argentino toque de la campana, que convocaba a la misa primera. Todo era paz, amor y serena dulzura en el campo...

Don Custodio se sintió feliz y alborozado como un chiquillo, y sus pensamientos cambiaron de rumbo. Si la rapaza de los untos era bonita y humilde... se la llevaría consigo a su casa, redimiéndola de la triste esclavitud y del peligro y abandono en que vivía. Y si resultaba buena, leal, sencilla, modesta, no como aquellas dos locas, que la una se había escapado a Zamora con un sargento, y la otra andado en malos pasos con un estudiante, para que al fin resultara lo que resultó y la obligó a esconderse... Si la molinerita no era así, y al contrario, realizaba un suave tipo soñado alguna vez por el empedernido solterón..., entonces, ¿quién sabe, Custodio? Aún no eres tan viejo que...

Embelesado con estos pensamientos, dejó la rienda a la yegua..., y no reparó que iba metiéndose monte adentro, monte adentro, por lo más intrincado y áspero de él. Notólo cuando ya llevaba andado buen trecho del camino. Volvió grupas y lo desanduvo; pero con poca fortuna, pues hubo de extraviarse más, encontrándose en un sitio riscoso y salvaje. Oprimía su corazón, sin saber por qué, extraña angustia.

De repente, allí mismo, bajo los rayos del sol, del alegre, hermoso, que reconcilia a los humanos consigo mismos y con la existencia, divisó un bulto, un cuerpo muerto, el de una muchacha... Su doblada cabeza descubría la tremenda herida del cuello. Un "mantelo" tosco cubría la mutilación de las despedazadas y puras entrañas; sangre alrededor, desleída ya por la lluvia, las hierbas y malezas pisoteadas, y en torno, el gran silencio de los altos montes y de los solitarios pinares...

- IV -

A Pepona la ahorcaron en La Coruña. Juan Ramón fue sentenciado a presidio. Pero la intervención del boticario en este drama jurídico bastó para que el vulgo le creyese más destripador que antes, y destripador que tenía la habilidad de hacer que pagasen justos por pecadores, acusando a otros de sus propios atentados. Por fortuna, no hubo entonces en Compostela ninguna jarana popular; de lo contrario, es fácil que le pegasen fuego a la botica, lo cual haría frotarse las manos al canónigo Llorente, que veía confirmadas sus doctrinas acerca de la estupidez universal e irremediable.

No pecaré de tan minuciosa y diligente que fije con exactitud el punto donde pasaron estos sucesos. Baste a los aficionados a la topografía novelesca saber que Bouzas lo mismo puede situarse en los límites de la pintoresca región berciana, que hacia las profundidades y quebraduras del Barco de Valdeorras, enclavadas entre la sierra de la Encina y la sierra del Ege. Bouzas, moralmente, pertenece a la Galicia primitiva, la bella, la que hace veinte años estaba todavía por descubrir.

¿Quién no ha visto allí a la Mayorazga? ¿Quién no la conoce desde que era así de chiquita, y empericotada sobre el carro de maíz regresaba a su pazo solariego en las calurosas tardes del verano?

Ya más crecida, solía corretear, cabalgando un rocín en pelo, sin otros arreos que la cabeza de cuerda. Parecía de una pieza con el jaco. Para montar se agarraba a las toscas crines o apoyaba la mano derecha en el anca, y de un salto, ¡pim!, arriba. Antes había cortado con su navajilla la vara de avellano o taray, y blandiéndola a las inquietas orejas del "facatrús", iba como el viento por los despeñaderos que guarnecen la margen del río Sil.

Cuando la Mayorazga fue mujer hecha y derecha, su padre hizo el viaje a la clásica feria de Monterroso, que convoca a todos los "sportsmen" rurales, y ferió para la muchacha una yegua muy cuca, de cuatro sobre la marca, vivaracha, torda, recastada de andaluza (como que era prole del semental del Gobierno). Completaba el regalo rico albardón y bocado de plata; pero la Mayorazga, dejándose de chiquitas, encajó a su montura un galápago (pues de sillas inglesas no hay noticia en Bouzas), y sin necesidad de picador que la enseñase, ni de corneta que le sujetase el muslo, rigió su jaca con destreza y gallardía de centauresa fabulosa.

Sospecho que si llegase a Bouzas impensadamente algún honrado burgués madrileño, y viese a aquella mocetona sola y a caballo por breñas y bosques, diría con sentenciosa gravedad que don Remigio Padornín de las Bouzas criaba a su hija única hecha un marimacho.

Y quisiera yo ver el gesto de una institutriz sajona ante las inconveniencias que la Mayorazga se permitía. Cuando le molestaba la sed, apeábase tranquilamente a la puerta de una taberna del camino real y le servían un tanque de vino puro. A veces se divertía en probar fuerzas con los gananes y mozos de labranza, y a alguno dobló el pulso o tumbó por tierra. No era desusado que ayudase a cargar el carro de tojo, ni que arase con la mejor yunta de bueyes de su establo. En las siegas, deshojas, romerías y fiestas patronales, bailaba como una peonza con sus propios jornaleros y colonos sacando a los que prefería, según costumbre de las reinas, y prefiriendo a los mejor formados y más ágiles.

No obstante, primero se verían manchas en el cielo que sombras en la ruda virtud de la Mayorazga. No tenía otro código de moral sino el Catecismo, aprendido en la niñez. Pero le bastaba para regular el uso de su salvaje libertad.

Católica a machamartillo, oía su misa diaria en verano como en invierno, guiaba por las tardes el rosario, daba cuanta limosna podía. Su democrática familiaridad con los labriegos procedía de un instinto de regimen patriarcal, en que iba envuelta la idea de pertenecer a otra raza superior, y precisamente en la convicción de que aquellas gentes "no eran como ella", consistía el toque de la llaneza con que las trataba, hasta el extremo de sentarse a su mesa un día sí y otro también, dando ejemplo de frugalidad, viviendo de caldo de pote y pan de maíz o centeno.

Al padre se le caía la baba con aquella hija activa y resuelta. Él era hombre bonachón y sedentario, que entró a heredar el vínculo de Bouzas por la trágica muerte de su hermano mayor, el cual, en la primera guerra civil, había levantado una partidilla, vagando por el contorno bajo el alias guerrero de Señorito de Padornín, hasta que un día le pilló la tropa y le arrojó al río, después de envainarle tres bayonetas en el cuerpo. Don Remigio, el segundón, hizo como el gato escaldado: nunca quiso abrir un periódico, opinar sobre nada, ni siquiera mezclarse en elecciones. Pasó la vida descuidada y apacible, jugando al tute con el veterinario y el cura.

Frisaría la Mayorazga en los veintidós cuando su padre notó que se desmejoraba, que tenía oscuras las ojeras y mazados los párpados, que salía menos con la yegua y que se quedaba pensativa sin causa alguna.

"Hay que casar a la rapaza", discurrió sabiamente el viejo.

Y acordándose de cierto hidalgo, antaño muy amigo suyo, Balboa de Fonsagrada, favorecido por la Providencia con numerosa y masculina prole, le dirigió una misiva, proponiéndole un enlace. La respuesta fue que no tardaría en presentarse en las Bouzas el segundón de Balboa, recién licenciado en la Facultad de Derecho de Santiago, porque el mayor no podía abandonar la casa y el más joven estaba desposado ya.

Y, en efecto, de allí a tres semanas -el tiempo que se tardó en hacerle seis mudas de ropa blanca y marcarle doce pañuelos- llegó Camilo Balboa, lindo mozo afinado por la vida universitaria, algo anemiado por la mala alimentación de las casas de huéspedes y las travesuras de estudiante. A las dos horas de haberse apeado de un flaco jamelgo el señorito de Balboa, la boda quedó tratada.

Físicamente, los novios ofrecían extraño contraste, cual si la naturaleza al formarlos hubiese trastocado las cualidades propias de cada sexo. La Mayorazga, fornida, alta de pechos y de ademán brioso, con carrillos de manzana sanjuanera, dedada de bozo en el labio superior, dientes recios, manos duras, complexión sanguínea y expresión franca y enérgica. Balboa, delgado, pálido, rubio, fino de facciones, bromista, insinuante, nerviosillo, necesitado al parecer de mimo y protección.

¿Fue esta misma disparidad la que encendió en el pecho de la Mayorazga tan violento amor que si la ceremonia nupcial tarda un poco en realizarse, la novia, de fijo, enferma gravemente? ¿O fue sólo que la fruta estaba madura, que Camilo Balboa llegó a tiempo? El caso es que no se ha visto tan rendida mujer desde que hay en el mundo valle de Bouzas. No enfrió esta ternura la vida conyugal; solamente la encauzó, haciéndola serena y firme. La Mayorazga rabiaba por un muñeco, y como el muñeco nunca acababa de venir, la doble corriente de amor confluía en el esposo. Para él los cuidados y monadas, las golosinas y refinamientos, los buenos puros, el café, el coñac, traído de la isla de Cuba por los capitanes de barco, la ropa cara, encargada a Lugo.

Hecha a vivir con una taza de caldo de legumbres, la Mayorazga andaba pidiendo recetas de dulces a las monjas. Capaz de dormir sobre una piedra, compraba pluma de la mejor, y cada mes mullía los colchones y las almohadas del tálamo. Al ver que Camilo se robustecía y engruesaba y echaba una hermosa barba castaño oscuro, la Mayorazga sonreía, calculando allá en sus adentros:

"Para el tiempo de la vendimia tenemos muñequiño."

Mas el tiempo de la vendimia pasó, y el de la sementera también, y aquel en que florecen los manzanos, y el muñeco no quiso bajar a la tierra a sufrir desazones. En cambio, don Remigio se empeñó en probar mejor vida, y ayudado de un cólico miserere, sin que bastase a su remedio una bala de grueso calibre que le hicieron tragar a fin de que le devanase la enredada madeja de los intestinos, dejó este valle de lágrimas, y a su hija dueña de las Bouzas.

No cogió de nuevas a la Mayorazga el verse al frente de la hacienda, dirigiendo faenas agrícolas, cobranza de rentas y tráfagos de la casa. Hacía tiempo que todo corría a su cargo. El padre no se metía en nada; el marido, indolente para los negocios prácticos, no la ayudaba mucho. En cambio, tenía cierto factótum, adicto como un perro y exacto como una máquina, en su hermano de leche, Amaro, que desempeñaba en las Bouzas uno de esos oficios indefinibles, mixtos de mayordomo y aperador.

A pesar de haber mamado una leche misma, en nada se parecían Amaro y la señorita de Bouzas, pues el labriego era desmedrado, flacucho y torvo, acrecentando sus malas trazas el áspero cabello que llevaba en fleco sobre la frente y en greñas a los lados, cual los villanos feudales.

A despecho de las intimidades de la niñez, Amaro trataba a la Mayorazga con el respeto más profundo, llamándola siempre "señora mi ama".

Poco después de morir don Remigio, los acontecimientos revolucionarios se encresparon de mala manera, y hasta el valle de Bouzas llegó el oleaje, traduciéndose en agitación carlista. Como si el espectro del tío cosido a bayonetazos se le hubiese aparecido al anochecer entre las nieblas del Sil demandando venganza, la Mayorazga sintió hervir en las venas su sangre facciosa, y se dio a conspirar con un celo y brío del todo vendeanos.

Otra vez se la encontró por andurriales y montes, al rápido trote de su yegua, luciendo en el pecho un alfiler que por el reverso tenía el retrato de don Carlos y por el anverso el de Pío IX.

Hubo aquello de coser cintos y mochilas, armar cartucheras, recortar corazones de franela colorada para hacer "deténtes", limpiar fusiles de chispa comidos por el orín, pasarse la tarde en la herrería viendo remendar una tercerola, requisar cuanto jamelgo se encontraba a mano, bordar secretamente el estandarte.

Al principio, Camilo Balboa no quiso asociarse a los trajines en que andaba su mujer, y echándoselas de escéptico, de tibio, de alfonsino prudente, prodigó consejos de retraimiento o lo metió todo a broma, con guasa de estudiante, sentado a la mesa del café, entre el dominó y la copita de coñac. De la noche a la mañana, sin transición, se encendió en entusiasmo y comenzó a rivalizar con la Mayorazga, reclamando su parte de trabajo, ofreciéndose a recorrer el valle, mientras ella, escoltada por Amaro, trepaba a los picos de la sierra. Hízose así, y Camilo tomó tan a pechos el oficio de conspirador, que faltaba de casa días enteros, y por las mañanas solía pedir a la Mayorazga "cuartos para pólvora..., cuartos para unas escopetas que descubrí en tal o cual sitio". Volvía con la bolsa huera, afirmando que el armamento quedaba "segurito", muy preparado para la hora solemne.

Cierta tarde, después de una comida jeronimil, pues la Mayorazga, por más ocupada que anduviese, no desatendía el estómago de su marido -¡no faltaría otra cosa!-, Camilo se puso la zamarra de terciopelo, mandó ensillar su potro montañés, peludo y vivo como un caballo de las estepas, y se despidió diciendo a medias palabras:

-Voyme donde los Resende... Si no despachamos pronto, puede dar que me quede a dormir allí... No asustarse si no vuelvo. De aquí al pazo de Resende aún hay una buena tiradita.

El pazo de Resende, madriguera de hidalgos cazadores, estaba convertido en una especie de arsenal o maestranza, en que se fabrican municiones, se "desenferruxaban" armas blancas y de fuego y hasta se habilitaban viejos albardones, disfrazándolos de silla de montar. La Mayorazga se hizo cargo del importante objeto de la expedición; con todo, una sombra veló sus pupilas por ser la primera vez que Camilo dormiría fuera del lecho conyugal desde la boda. Se cercioró de que su marido iba bien abrigado, llevaba las pistolas en el arzón y al cinto un revólver -"por lo que pueda saltar"-, y bajó a despedirle en la portalada misma. Después llamó a Amaro y mandó arrear las bestias, porque aquella tarde "cumplía" ver al cura de Burón, uno de los organizadores del futuro ejército real.

Sin necesidad de blandir el látigo, hizo la Mayorazga tomar a su yegua animado trote, mientras el rocín de Amaro, rijoso y emberrenchinado como una fiera, galopaba delante, a trancos desiguales y furibundos. Ama y escudero callaban; él taciturno y zaino más que de costumbre; ella, un poco melancólica, pensando en la noche de soledad. Iban descendiendo un sendero pedregoso, a trechos encharcados por las extravasaciones del Sil -sendero que después, torciendo entre heredades, se dirige como una flecha a la rectoral de Burón-, cuando el rocín de Amaro, enderezando las orejas, pegó tal huida, que a poco da con su jinete en el río, y por cima de un grupo de sauces, la Mayorazga vio asomar los tricornios de la Guardia Civil.

Nada tenía de alarmante el encuentro, pues todos los guardias de las cercanías eran amigos de la casa de Bouzas, donde hallaban prevenido el jarro de mosto, la cazuela de bacalao con patatas; en caso de necesidad, la cama limpia, y siempre la buena acogida y el trato humano; así fue que, al avistar a la Mayorazga el sargento que mandaba el pelotón, se descubrió atentamente murmurando: "Felices tardes nos dé Dios, señorita." Pero ella, con repentina inspiración, le aisló y acorraló en el recodo del sendero y, muy bajito y con una llaneza imperiosa, preguntóle:

-¿Adónde van, Piñeiro, diga?

-Señorita, no me descubra, por el alma de su papá que está en gloria... A Resende, señorita, a Resende... Dicen que hay fábrica de armas y facciosos escondidos, y el diablo y su madre... A veces un hombre obra contra su propio corazón, señorita, por acatar aquello que uno no tiene más remedio que acatar... La Virgen quiera que no haya nada...

-No habrá nada, Piñeiro... Mentiras que se inventan... Ande ya, y Dios se lo pague.

-Señorita, no me descu...

-Ni la tierra lo sabrá. Abur, memorias a la parienta, Piñeiro.

Aún se veía brillar entre los sauces el hule de los capotes y ya la Mayorazga llamaba apresuradamente:

-Amaro.

-Señora mi ama.

-Ven, hombre.

-No puedo allegarme... Si llego el caballo a la yegua, tenemos música.

-Pues bájate, papamoscas.

Dejando su jaco atado a un tronco, Amaro se acercó:

-Montas otra vez... Corres más que el aire... Rodea, que no te vean los civiles... A Resende, a avisar al señorito que allá va la Guardia para registrar el pazo. Que entierren las armas, que escondan la pólvora y los cartuchos... Mi marido que ataje por la Illosa y que se venga a casa en seguida. ¿Aún no montaste?

Inmóvil, arrugando el entrecejo, rascándose la oreja por junto a la sien, clavando en tierra la vista, Amaro no daba más señales de menearse que si fuese hecho de piedra.

-A ver..., contesta... ¿Que embuchado traes, Amaro? ¿Tú hablas o no hablas, o me largo yo a Resende en persona?

Amaro no alzó los ojos, ni hizo más movimiento que subir la mano de la sien a la frente, revolviendo las guedejas. Pero entreabrió los labios y, dando primero un suspiro, tartamudeó con oscura voz y pronunciación dificultosa.

-Si es por avisar a los señoritos de Resende, un suponer, bueno; voy, que pronto se llega... Si es por el señorito de casa, un suponer, señora mi ama, será excusado... El señorito no "va" en Resende.

-¿Que no está en Resende mi marido?

-No, señora mi ama, con perdón. En Resende, no, señora.

-¿Pues dónde está?

-Estar... Estar, estará donde va cuantos días Dios echa al mundo.

La Mayorazga se tambaleó en su galápago, soltando las riendas de la yegua, que resopló sorprendida y deseosa de correr.

-¿A dónde va todos los días?

-Todos los días.

-Pero ¿a dónde? ¿A dónde? Si no lo vomitas pronto, más te valiera no haber nacido.

-Señora ama... -Amaro hablaba precipitadamente, a borbotones, como sale el agua de una botella puesta boca abajo-. Señora ama..., el señorito... En los Carballos..., quiere decir..., hay una costurera bonita que iba a coser al pazo de Resende...; ya no va nunca...; el señorito le da dinero...; son ella y una tía carnal, que viven juntas...; andan ella y el señorito por el monte a las veces...; en la feria de Illosa el señorito le mercó unos aretes de oro...; la trae muy maja... La llama la flor de la maravilla, porque cuándo se pone a morir, y cuándo aparece sana y buena, cantando y bailando... Estará loca, un suponer...

Oía la Mayorazga sin pestañear. La palidez daba a su cutis moreno tonos arcillosos. Maquinalmente recogió las riendas y halagó el cuello de la jaca, mientras se mordía el labio inferior, como las personas que aguantan y reprimen algún dolor muy vivo. Por último, articuló sorda y tranquilamente:

-Amaro, no mientas.

-Tan cierto como que nos hemos de morir. Aún permita Dios que venga un rayo y me parta, si cuento una cosa por otra.

-Bueno, basta. El señorito avisó que hoy dormiría en Resende. ¿Se quedará de noche con... ésa?

Amaro dijo "que sí" con una mirada oblicua, y la Mayorazga meditó contados instantes. Su natural resuelto abrevió aquel momento de indecisión y lucha.

-Oye: tú te largas a Resende a avisar, volando; has de llegar con tiempo para que escondan las armas. Del señorito no dices, allí..., ni esto. Vuelves, y me encuentras una hora antes de romper el día, junto al Soto de los Carballos, como se va a la fuente del Raposo. Anda ya.

Amaro silbó a su jaco, sacó del bolsillo la navaja de picar tagarninas y, azuzándole suavemente con ella, salió al galope. Mucho antes que los civiles llegó a Resende, y el sargento Piñeiro tuvo el gusto de no hallar otras armas en el pazo sino un asador de cocina y las escopetas de caza de los señoritos, en la sala, arrimadas a un rincón.

Aún no se oían en el bosque esos primeros susurros del follaje y píos de pájaros que anuncian la proximidad del amanecer, cuando Amaro se unía en los Carballos con su ama, ocultándose al punto los dos tras un grupo de robles, a cuyos troncos ataron las cabalgaduras.

En silencio esperarían cosa de hora y media. La luz blanquecina del alba se derramaba por el paisaje, y el sol empezaba a desgarrar el toldo de niebla del río, cuando dos figuras humanas, un hombre joven y apuesto y una mocita esbelta, reidora, fresca como la madrugada y soñolienta todavía se despidieron tiernamente a poca distancia del robledal. El hombre, que llevaba del diestro un caballo, lo montó y salió al trote largo, como quien tiene prisa. La muchacha, después de seguirle con los ojos, se desperezó y se tocó un pañuelo azul, pues estaba en cabello, con dos largas trenzas colgantes. Por aquellas trenzas la agarró Amaro, tapándole la boca con el pañuelo mismo, mientras decía con voz amenazadora:

-Si chistas, te mato. Aquí llegó la hora de tu muerte. ¡Hala!, anda para avante.   Subieron algún tiempo monte arriba; la Mayorazga delante, detrás Amaro, sofocando los chillidos de la muchacha, llevándola en vilo y sujetándola los brazos. A la verdad, la costurerita hacía débil, aunque rabiosa resistencia; su cuerpecito gentil, pero endeble, no le pesaba nada a Amaro, y únicamente le apretaba las quijadas para que no mordiese y las muñecas para que no arañase. Iba lívida como una difunta, y así que se vio bastante lejos de su casa, entre las carrascas del monte, paró de retorcerse y empezó a implorar misericordia.

Habrían andado cosa de un cuarto de legua, y se encontraban en una loma desierta y bravía, limitada por negros peñascales, a cuyos pies rodaba mudamente el Sil. Entonces la Mayorazga se volvió, se detuvo y contempló a su rival un instante. La costurera tenía una de esas caritas finas y menudas que los aldeanos llaman caras de Virgen y parecen modeladas en cera, a la sazón mucho más, a causa de su extremada palidez. No obstante, al caer sobre ella la mirada ofendida de la esposa, los nervios de la muchacha se crisparon y sus pupilas destellaron una chispa de odio triunfante, como si dijesen: "Puedes matarme; pero hace media hora tu marido descansaba en mis brazos." Con aquella chispa sombría se confundió un reflejo de oro, un fulgor que el sol naciente arrancó de la oreja menudita y nacarada: eran los pendientes, obsequio de Camilo Balboa. La Mayorazga preguntó en voz ronca y grave:

-¿Fue mi marido quien te regaló esos aretes?

-Sí -respondieron los ojos de víbora.

-Pues yo te corto las orejas -sentenció la Mayorzga, extendiendo la mano.

Y Amaro, que no era manco ni sordo, sacó su navajilla corta, la abrió con los dientes, la esgrimió... Oyóse un aullido largo, pavoroso, de agonía; luego, otro y sordos gemidos.

-¿La tiro al Sil? -preguntó el hermano de leche, levantando en brazos a la víctima, desmayada y cubierta de sangre.

-No. Déjala ahí ya. Vamos pronto a donde quedaron las caballerías.

-Si mi potro acierta a soltarse y se arrima a la yegua..., la hicimos, señora ama.

Y bajaron por el monte sin volver la vista atrás.

De la costurera bonita se sabe que no apareció nunca en público sin llevar el pañuelo muy llegado a la cara. De la Mayorazga, que al otro año tuvo muñeco. De Camilo Balboa, que no le jugó más picardías a su mujer, o, si se las jugó, supo disimularlas hábilmente. Y de la partida aquella que se preparaba en Resente, que sus hazañas no pasaron a la historia.

Era el tiempo en que las víboras de la discordia, agasajadas en el cruento seno de la guerra civil, bullían en cada pueblo, en cada hogar tal vez. El negro encono, el odio lívido, la encendida saña encarnando en el cuerpo de aquellas horribles sierpes, relajaban los vínculos de la familia, separaban a los hermanos y les sembraban en el alma instintos fratricidas. Hoy nos cuesta trabajo comprender aquel estado de exasperación violenta, y quizá cuando la Historia, con voz serena y grave, narra escenas de tan luctuosos días, la acusamos de recargar el cuadro, sin ver que las mayores tragedias son precisamente las que suelen quedar ocultas...

Sin embargo, en algunas provincias españolas andaba más adormecida y apagada la pasión política, y una de éstas era el jardín de Galicia, Pontevedra la risueña y encantadora. En ella nació y se crió Luis María, y en el seminario de Orense estudió Teología y Moral, para ordenarse. Era hijo único de un pobre matrimonio; el padre, aragonés, vendedor ambulante de mantas y pañuelos de seda; la madre, aldeana, nacida cerca de Poyo, en las inmediaciones de la bella Helenes, mujer tan sencilla que ni sabía leer ni aún coser, pues se ganaba la vida con una rueca y un telar casero informe y primitivo si los hubo. Luis María salió aplicado, devoto, dulce, formal, gran ayudador de misas y despabilador de velas, y desde muy pequeño declaró que soñaba con cantar misa. La madre instigó al padre a fin de que implorase de cierto opulento y caritativo señor aragonés, don Ramón de Bolea, dinero para costear la carrera del muchacho; y tan bien cayó la súplica, que el señor no sólo costeó la carrera sino que, al ordenarse Luis María, le apadrinó, y poco después, muerto el padre del misacantano, el generoso protector llamó al joven para que fuese su capellán. Ejerció este cargo dos años el presbítero con gran satisfacción de su patrono, y como vacase el curato parroquial del pueblo, presentación de la mitra, el mismo don Ramón de Bolea lo solicitó y obtuvo para su ahijado, pues nada negaba el obispo de Teruel al pudiente señor.

Al verse investido con la cura de almas, dueño de lo que cabía llamar una "posición", Luis María se acordó, ante todo, de su madre, que vegetaba solita allá en su aldea, tascando, hilando y tejiendo lino. Realizó el viaje, entonces largo y penoso, y no se volvió a su parroquia sin la viejecita, que por humildad y abnegación empezó negándose a acompañarle. Fue preciso que el hijo demostrase a la madre cuánto la necesitaba para gobernar las haciendas de la casa, para poner la olla al fuego y para que no le murmurasen si tomaba a su servicio una moza. Al fin la anciana se dejó convencer, y siguió al hijo, en el fondo del alma loca de gozo y de orgullo.

Estableciéronse en el pueblo, deseosos de vivir tranquilos y arrimados el uno al otro, como aves en su nido humilde. Así que empezaron a enardecerse las luchas civiles, Luis María hizo especial estudio en abstraerse y apartarse de ellas. Terror y repulsión le causaban las escenas de crueldad y barbarie, los apaleamientos de "cristinos" y de "faiciosos", las coplas desvergonzadas e insultantes que de zaguán a zaguán se disparaban las muchachas de opuestos bandos, las noticias de encuentros en que perecían tantos infelices, los degüellos de religiosos que habían ensangrentado las gradas del altar mismo. Sentía el párroco que ni aun por espíritu de clase podía vencer su repugnancia a tales salvajadas y horrores; había salido a su madre: tímido, manso, indiferente en política, accesible sólo a la piedad y a la ternura; gallego, no aragonés, cristiano, pero no carlista. "Bienaventurados los pacíficos", solía repetir tristemente cuando oía alguna noticia espantable, el incendio de una villa, el sacrificio de unos prisioneros arcabuceados en represalias.

Es peculiar de estas épocas agitadas y febriles que nadie, por más que lo desee, pueda mantenerse neutral. En el pueblo, de los más divididos y engrescados de todo Aragón, no se le consentía al cura no tener opiniones. Dos circunstancias hicieron que la voz pública afiliase a Luis María entre los adictos al Pretendiente: la primera, que cumplía con fervor sus deberes, que era casto, mortificado, prudente en palabras y pacato en obras; la segunda, el de ser protegido, ahijado, capellán, hechura, en fin, de aquel don Ramón de Bolea, antaño el principal señorón del pueblo, hoy jefe de una partida facciosa. La gente aragonesa, ruda y lógica, que identifica el agradecimiento con la adhesión, contó, pues, a Luis María entre los "serviles"; pero no entre los declarados y francos, sino entre los solapados y vergonzantes, mil veces más aborrecidos. Y por los muchos "cristinos" de pelo en pecho que el pueblo albergaba, el cura fue mal mirado; se le atribuyeron inteligencias ocultas y confidencias y delaciones hechas a don Ramón de Bolea, cuya tropa rondaba a pocas leguas de allí, deseosa de ajustar cuentas a los "nacionales".

Luis María sintió la hostilidad en la atmósfera, y se encogió y retrajo cada vez más, pues era de los que no combaten ni en legítima defensa. Su ardor místico, ya intenso, se acrecentó, y cuanto más ascético y macilento le veían sus enemigos, más le creían entregado a conspirar para el triunfo del absolutismo y de los serviles. El odio del pueblo empezaba a traducirse en hechos: cada vez que la madre del párroco salía a la compra era denostada y llamada facciosa en voz en grito por las baturras; delante de sus ventanas se situaban grupos vociferando canciones patrióticas. Una tarde de día de fiesta, al volver los mozos rasgueando la guitarra y echando coplas con alusiones que levantaban ampolla, mano atrevida disparó una piedra que fue a estrellar un vidrio de la rectoral. La madre lloró silenciosamente al cerrar las maderas, mientras Luis María, arrodillado ante la imagen de Nuestra Señora, rezaba, sin volver la cabeza, sordo al choque de los cantos rodados, que seguían

haciendo añicos los cristales.

Pocos días después difundióse por el pueblo la tremenda noticia de que Bolea había cogido a dos vecinos, "nacionales" exaltados y reos de apaleamiento de serviles, y los había arcabuceado contra una tapia; y al regresar del mercado, al día siguiente, encogida y recelosa, la madre del cura oyó a su paso, no ya injurias, pullas y cantaletas, sino amenazas siniestras, anuncios que daban frío en el tuétano. Temblando se encerró en su casa la infeliz, y allí encontró a Luis María en oración, pidiendo a Dios que perdonase a su protector Bolea la sangre derramada.

Cenaron madre e hijo, pálidos y mudos, abatidos, disimulando, y cuando se disponían a acostarse resonó en la calle gran estrépito y fuertes aldabonazos en la puerta. Corrió la madre a preguntar, sin atreverse a abrir, qué se ofrecía, y una voz bronca y mofadora respondió:

-Que se asome el cura y le diremos el nombre de un feligrés que está acabado y pide confesión.

Oír esto Luis María y lanzarse a la ventana fue todo uno; pero su madre, acaso por primera vez en su vida, se interpuso resuelta, le paró, agarrándole de la muñeca con inusitado vigor, con toda su fuerza aldeana, centuplicada por la angustia, y desviándole bruscamente se apoderó de la falleba.

-Tú no te asomes -ordenó en voz imperiosa, una voz diferente de la mansa y acariciadora voz con que siempre hablaba a su hijo-. Apártate... quitaday... Me asomo yo, no te apures.

Y antes de que Luis María pudiera oponerse, apagando de un soplo el velón para no ser reconocida, abrió la ventana con ímpetu, sacó el busto fuera...

El bárbaro que ya tenía apuntada la escopeta, disparó, y la madre, con el pecho atravesado, se desplomó hacia adentro, en brazos del hijo por quien aceptaba la muerte.

El anciano cura del santuario de San Clemente de Boán cenaba sosegadamente sentado a la mesa, en un rincón de su ancha cocina. La luz del triple mechero del velón señalaba las acentuadas líneas del rostro del párroco, las espesas cejas canas, el cráneo tonsurado, pero revestido aún de blancos mechones: la piel roja, sanguínea, que en robustos dobleces rebosaba el alzacuello.

Ocupaba el cura la cabecera de la mesa; en el centro, su sobrino, guapo mozo de veintidós años, despachaba con buen apetito la ración; y al extremo, el criado de labranza, arremangada hasta el codo la burda camisa de estopa, hundía la cuchara de palo en un enorme tazón de caldo humeante y lo trasegaba silenciosamente al estómago.

Servía a todos una moza aldeana, que aprovechaba la ocasión de meter también la cuchara ya que no en los platos, en las conversaciones.

El servicio se lo permitía, pues no pecaba de complicado, reduciéndose a colocar ante los comensales un mollete de pan gigantesco, a sacar de la alacena vino y loza, a empujar descuidadamente sobre el mantel el tarterón de barro colmado de patatas con unto.

-Señorito Javier -preguntó en una de estas maniobras-, ¿qué oyó de la gavilla que anda por ahí?

-¿De la gavilla, chica? Aguárdate... -contestó el mancebo alzando su cara animada y morena-, ¿Qué oí yo de la gavilla? No; pues algo me contaron en la feria... Sí; me contaron...

-Dice que al señor abad de Lubrego le robaron barbaridá de cuartos...; cien onzas. Estuvieron esperando a que vendiese el centeno de la tulla y los bueyes en la feria del quince, y hala que te cojo.

-¿No se defendió?

-¿Y no sabe que es un señor viejecito? Aún para más, aquellos días estaba encamado con dolor de huesos.

El párroco, que hasta entonces había guardado silencio, levantó de pronto los ojos, que bajo sus cejas nevadas resplandecieron como cuentas de azabache, y exclamó:

-Qué defenderse ni qué... En toda su vida supo Lubrego por dónde se agarra una escopeta.

-Es viejo.

-¡Bah!, lo que es por viejo... Sesenta y cinco años cumplo yo para Pentecostés, y sesenta y seis hará él en Corpus; lo sé de buena tinta; me lo dijo él mismo: De modo que la edad... Lo que es a mí no me ha quitado la puntería, ¡alabado sea Dios!

Asintió calurosamente el sobrino.

-¡Vaya! Y si no que lo digan las perdices de ayer, ¿eh? Me remendó usted la última.

-Y la liebre de hoy, ¿eh, rapaz?

-Y el raposo del domingo -intervino el criado, apartando el hocico de los vapores del caldo-. ¡Cuando el señor abad lo trajo arrastrando con una soga así (y se apretaba el gaznate) gañía de Dios! Ouú..., ouú...

-Allí está el maldito -murmuró el cura, señalando hacia la puerta, donde se extendía, clavada por las cuatro extremidades, una sanguinolenta piel.

-No comerás más gallinas -agregó la criada, amenazando con el puño a aquel despojo.

Esta conversación venatoria devolvió la serenidad a la asamblea, y Javier no pensó en referir lo que sabía de la gavilla. El cura, después de dar las gracias mascullando latín, se enjuagó con vino, cruzó una pierna sobre otra, encendió un cigarrillo y, alargando a su sobrino un periódico doblado, murmuró entre dos chupadas:

-A ver luego qué trae La Fe, hombre.

Dio principio Javier a la lectura de un artículo de fondo, y la criada, sin pensar en recoger la mesa, sacó para sí del pote una taza de caldo y sentóse a tomarla en un banquillo al lado del hogar. De pronto cubrió la voz sonora del lector un aullido recio y prolongado. La criada se quedó con la cuchara enarbolada sin llevarla a la boca; Javier aplicó un segundo el oído, y luego prosiguió leyendo, mientras el cura, indiferente, soltaba bocanadas de humo y despedía de lado frecuentes salivazos. Transcurrieron dos minutos, y un nuevo aullido, al cual siguieron ladridos furiosos, rompió el silencio exterior. Esta vez el lector dejó el periódico; y la criada se levantó tartamudeando:

-Señorito Javier..., señor amo..., señor amo...

-Calla -ordenó Javier, y, de puntillas, acercóse a la ventana bajo la cual parecía que sonaba el alboroto de los perros; mas éste se aquietó de repente.

El cura, haciendo con la diestra pabellón a la oreja, atendía desde su sitio.

-Tío -siseó Javier.

-Muchacho.

-Los perros callaron; pero juraría que oigo voces.

-Entonces, ¿cómo callaron?

No contestó el mozo, ocupado en quitar la tranca de la ventana con el menor ruido posible. Entreabrió suavemente las maderas, alzó la falleba y, animado por el silencio, resolvióse a empujar la vidriera. Un gran frío penetró en la habitación; vióse un trozo de cielo negro, tachonado de estrellas, y se indicaron en el fondo los vagos contornos de los árboles del bosque, sombríos y amontonados. Casi al mismo tiempo rasgó el aire un silbido agudo, se oyó una denotación, y una bala, rozando la cima del pelo de Javier, fue a clavarse en la pared de enfrente. Javier cerró por instinto la ventana, y el cura, abalanzándose a su sobrino, comenzó a palparle con afán.

-¡Re... condenados! ¿Te tocó, rapaz?

-¡Si aciertan a tirar con munición lobera..., me divierten! -pronunció Javier algo inmutado.

-¿Están ahí?

-Detrás de los primeros castaños del soto.

-Pon la tranca..., así... anda volando por la escopeta... las balas... el frasco de la pólvora... Trae también el Lafuché... ¿Oyes?

Aquí el párroco tuvo que elevar la voz como si mandase una maniobra militar, porque el desesperado ladrido de los perros resonaba cada vez más fuerte.

-Ahora, ahí, ladrar... ¿Por qué callarían antes, mal rayo?

-Conocerían a alguno de la gavilla; les silbaría o les hablaría -Opinó el gañán, que estaba en pie, empuñando una horquilla de coger el tojo, mientras la criada, acurrucada junto a la lumbre, temblaba con todos sus miembros, y de cuando en cuando exhalaba una especie de chillido ratonil.

El cura, abriendo un ventanillo practicado en las maderas de la ventana, metió por él el puño y rompió un cristal. En seguida pegó la boca a la apertura y con voz potente gritó a los perros:

-¡A ellos, Chucho, Morito, Linda. Chucho, duro con ellos, ahí, ahí... Ánimo, Linda, hazlos pedazos!

Los ladridos se tornaron, de rabiosos, frenéticos. Oyóse al pie de la misma ventana ruido de lucha; amenazas sordas, un ¡ay! de dolor, una imprecación, y luego quejas como de animal agonizante.

-¡El pobre Morito..., ya no dará más el raposo! -murmuró el gañán.

Entre tanto, el cura, tomando de manos de Javier su escopeta, la cargaba con maña singular.

-A mí, déjame con mi escopeta de las perdices..., vieja y tronada... Tú entiéndete con el Lafuché... Yo, esas novedades... ¡Bah!, estoy por la antigua española. ¿Tienes cartuchos?

-Sí, señor -contestó Javier disponiéndose también a cargar la carabina.

-¿Están ya debajo?

-Al pie mismo de la ventana... Puede que estén poniendo las escalas.

-¿Por el portón hay peligro?

-Creo que no. Tienen que saltar la tapia del corral, y los podemos fusilar desde la solana.

-¿Y por la puerta de la bodega?

-Si le plantan fuego... Romper no la rompen.

-Pues vamos a divertirnos un rato... Aguarday, aguarday, amiguitos.

Javier miró a la cara de su tío. Tenía éste las narices dilatadas, la boca sardónica, la punta de la lengua asomando entre los dientes, las mejillas encendidas, los ojuelos brillantes, ni más ni menos que cuando en el monte el perdiguero favorito se paraba señalando un bando de perdices oculto entre los retamares y valles floridos. Por lo que hace a Javier, horrorizábanle aquellos preparativos de caza humana. En tan supremos instantes, mientras deslizaba en la recámara el proyectil, pensaba que se hallaría mucho más a gusto en los claustros de la Universidad, en el café o en la feria del quince, comprándole rosquillas y caramelos a las señoritas del pazo de Valdomar. Volvió a ver en su imaginación la feria, los relucientes ijares de los bueyes, la mansa mirada de las vacas, el triste pelaje de los rocines, y oyó la fresca voz de Casildita del Pazo, que le decía con el arrastrado y mimoso acento del país:

-¡Ay, déme el brazo, por Dios, que aquí no sé andá con tanta gente! Creyó sentir la presión de un bracito... No; era la mano peluda y musculosa del cura, que le impulsaba hacia la ventana.

-A apagar el velón... (hízolo de tres valientes soplidos). A empezar la fiesta. Yo cargo, tú disparas..., tú cargas, yo disparo... ¡Eh Tomasa! -gritó a la criada- no chilles, que pareces la comadreja... Pon a hervir agua, aceite, vino cuanto haya... Tú -añadió dirigiéndose al gañán-, a la solana. Si montan a caballo de la muralla, me avisas.

Dijo, y con precaución entreabrió la ventana, dejando sólo un resquicio por donde cupiese el cañón de una escopeta y el ojo avizor de un hombre. Javier se estremeció al sentir el helado ambiente nocturno; pero se rehízo presto, pues no pecaba de cobarde, y miró abajo. Un grupo negro hormigueaba; se oía como una deliberación, en voz misteriosa.

-¡Fuego! -le dijo al oído su tío.

-Son veinte o más -respondió Javier.

-¡Y qué! -gruñó el cura al mismo tiempo que apartaba a su sobrino con impaciente ademán-. Y apoyando en el alféizar de la ventana el cañón de la escopeta, disparó.

Hubo un remolino en el grupo, y el cura se frotó las manos.

-¡Uno cayó patas arriba!..., quoniam! -murmuró pronunciando la palabra latina, con la cual, desde los tiempos del seminario, reemplazaba todas las interjecciones que abundan en la lengua española. Ahora tú, rapaz. Tienen una escala. Al primero que suba...

Los dedos de Javier se crispaban sobre su hermosa carabina Lefaucheux, mas al punto se aflojaron.

-Tío -atrevióse a murmurar-, entre esos hay gente conocida, me acuerdo ahora de que lo decían en la feria. Aseguran que viene el cirujano de Solás, el cohetero de Gunsende, el hermano del médico de Doas. ¿Quiere usted que les hable? Con un poco de dinero puede que se conformen y nos dejen en paz, sin tener que matar gente.

-¡Dinero, dinero! -exclamó roncamente el cura-. ¿Tú, sin duda, piensas que en casa hay millones?

-¿Y los fondos del santuario?

-¡Son del santuario, quoniam! y antes me dejaré tostar los pies, como le hicieron al cura de Solás el año pasado, que darles un ochavo. Pero mejor será que le agujereen a uno la piel de una vez, y no que se la tuesten. ¡Fuego en ellos! Si tienes miedo iré yo.

-Miedo no -declaró Javier; y descansó la carabina en el alféizar.

-Lárgales los dos tiros -mandó su tío.

Dos veces apoyó Javier el dedo en el gatillo, y a las dos detonaciones contestó desde abajo formidable clamoreo. No había tenido tiempo el mancebo de recoger la mano, cuando se aplastó en las hojas de la ventana una descarga cerrada, arrancando astillas y destrozándolas. Componían su terrible estrépito estallidos diferentes, seco tronar de pistoletazos, sonoro retumbo de carabinas y estampidos de trabucos y tercerolas. Javier retrocedió, vacilando; su brazo derecho colgaba; la carabina cayó al suelo.

-¿Qué tienes, rapaz?

-Deben de haberme roto la muñeca -gimió Javier, yendo a sentarse, casi exánime, en el banco.

El cura, que cargaba su escopeta, se sintió entonces asido por los faldones del levitón, y a la dudosa luz del fuego del hogar vio un espectro pálido que se arrastraba a sus pies. Era la criada, que silabeaba con voz apenas inteligible.

-Señor..., señor amo..., ríndase, señor..., por el alma de quien lo parió... Señor, que nos matan..., que aquí morimos todos...

-¡Suelta, quoniam! -profirió el cura, lanzándose a la ventana.

Javier, inutilizado, exclamaba ayes, tratando de atarse con la mano izquierda un pañuelo. La criada no se levantaba, paralizada de terror; pero el cura, sin hacer caso de aquellos inválidos, abrió rápidamente las maderas y vio una escala apoyada en el muro, y casi tropezó con las cabezas de dos hombres que por ella ascendían. Disparó a boca de jarro y se desprendió el de abajo. Alzó luego la escopeta, la blandió por el cañón, y de un culatazo echó a rodar al de arriba. Sonaron varios disparos, pero ya el cura estaba retirado, adentro, cargando el arma.

Javier, que ya no gemía, se le acercó resuelto.

-A este paso, tío, no resiste usted ni un cuarto de hora. Van a entrar por ahí o por el patio. He notado olor a petróleo; quemarán la puerta de la bodega. Yo no puedo disparar. Quisiera servirle a usted de algo.

-Viérteles encima aceite hirviendo con la mano izquierda.

-Voy a sacar la Rabona de la cuadra por el portón, y echar un galope hasta Doas.

-¿Al puesto de la Guardia?

-Al puesto de la Guardia.

-No es tiempo ya. Me encontrarás difunto. Rapaz, adiós. Rézame un padrenuestro, y que me digan misas. ¡Entra, taco, si quieres!

-¡Haga usted que se rinde... Entreténgalos... ¡Yo iré por el aire!

La silueta negra del mancebo cubrió un instante el fondo rojo de la pared del hogar, y luego se hundió en las tinieblas de la solana. El tío se encogió de hombros y, asomándose, descargó una vez más la escopeta a bulto. Luego corrió al lar y descolgó briosamente el pesado pote, que, pendiente de larga cadena de hierro hervía sobre las brasas. Abrió de par en par la ventana, y sin precaverse ya, alzó el pote y lo volcó de golpe encima de los enemigos. Se oyó un aullido inmenso, y como si aquel rocío abrasador fuese incentivo de la rabia que les causaba tan heroica defensa, todos se arrojaron a la escala, trepando unos sobre los hombros de otros, y a la vez que por las tapias se descolgaban dos o tres hombres y luchaban con el gañán, una masa humana cayó sobre el cura, que aún resistía a culatazos. Cuando el racimo de hombres se desgranó, pudo verse a la luz del velón que encendieron, al viejo tendido en el suelo, maniatado.

Venían los ladrones tiznados de carbón, con barbas postizas, pañuelos liados a la cabeza, sombrerones de anchas alas y otros arreos que les prestaban endiablada catadura. Mandábalos un hombre alto, resuelto y lacónico, que en dos segundos hizo cerrar la puerta y amarrar y poner mordazas al criado y a la criada. Uno de sus compañeros le dijo algo en voz baja. El jefe se acercó al cura vencido.

-¡Eh, señor abad..., no se haga usted el muerto!... Hay, ahí un hombre herido por usted y quiere confesión...

Por la escalera interior de la bodega subían pesadamente, conduciendo algo. Así que llegaron a la cocina, viose que eran cuatro hombres que traían en vilo un cuerpo, dejando en pos charcos de sangre. La cabeza del herido se balanceaba suavemente. Sus ojos, que empezaban a vidriarse, parecían de porcelana en su rostro tiznado; la boca estaba entreabierta.

-¡Qué confesión ni...! -dijo el jefe-. ¡Si ya está dando las boqueadas!

Pero el moribundo, apenas le sentaron en el banco, sosteniéndole la cabeza, hizo un movimiento, y su mirada se reanimó.

-¡Confesión! -exclamó en voz alta y clara.

Desataron al cura y le empujaron al pie del banco. Los labios del herido se movían, como recitando el acto de contrición. El cura conoció el estertor de la muerte y distinguió una espuma de color de rosa que asomaba a los cantos de la boca. Alzó la mano y pronunció ego te absolvo en el momento en que la cabeza del herido caía por última vez sobre el pecho.

-¡Llevárselo! -ordenó el jefe-. Y ahora diga el abad dónde tiene los cuartos.

-No tengo nada que darles a ustedes -respondió con firmeza el cura.

Sus cejas se fruncían, su tez ya no era rubicunda, sino que mostraba la palidez biliosa de la cólera, y sus manos, lastimadas, estranguladas por los cordeles, temblaban con temblequeteo senil.

-Ya dirá usted otra cosa dentro de diez minutos... Le vamos a freír a usted los dedos en aceite del que usted nos echó. Le vamos a sentar en las brasas. A la una..., a las dos.

El cura miró alrededor y vio sobre la mesa donde habían cenado el cuchillo de partir el pan. Con un salto de tigre se lanzó a asir el arma, y derribando de un puntapié la mesa y el velón, parapetado tras de aquella barricada, comenzó a defenderse a tientas, a oscuras, sin sentir los golpes, sin pensar más que en morir noblemente, mientras a quema ropa le acribillaban a balazos.

El sargento de la Guardia Civil de Doas, que llegó al teatro del combate media hora después, cuando aún los salteadores buscaban inútilmente bajo las vigas, entre la hoja de maíz del jergón y hasta en el Breviario los cuartos del cura, me aseguró que el cadáver de éste no tenía forma humana, según quedó de agujereado, magullado y contuso. También me dijo el mismo sargento que desde la muerte del cura de Boán abundaban las perdices; y me enseñó en la feria a Javier, que no persigue caza alguna, porque es manco de la mano derecha.

Al volver de examinar la diminuta heredad que le daban en garantía de un préstamo al 60 por 100, se le ocurrió al tío Ambrosio de Sabuñedo echar un ojo a su pinar de Magonde, a ver qué testos y guapos estaban los pinos viejos y cómo crecían los nuevos. Aquel pinar era el quitapesares del tío Ambrosio. Dentro de un par de años contaba sacar de él una buena porrada de dinero; para entonces estaría afirmada la carretera a Marineda, y el acarreo sería fácil y los licitadores numerosos y francos en proponer. Si el tío Ambrosio pudiese, bajo un fanal de vidrio resguardaría sus gallardos pinos de Magonde.

Apenas hubo traspasado el lindero, el viejo profirió una imprecación. A su derecha, y sangrando aún densa resina, se veía el cabezo de un pino recién cortado. Pocos pasos más allá, otro cepo delataba un atentado semejante. Ni rastro del tronco. Y el tío Ambrosio, espumando de rabia, contó hasta cinco pinos soberbios, cercenados y sustraídos... ¿Por quién? Al punto, el pensamiento del tío Ambrosio se fijó en Pedro de Furoca, alias el Grilo, el más vagabundo y ladrón de la parroquia. Sólo él sería capaz de un golpe de mano tan atrevido: sacar el carro de noche, cortar y cargar los pinos con ayuda de algún bribón de su misma laya, y venderlos baratos en Marineda, ¡porque para lo que le costaban!... ¡Mal rayo!

En medio de su furor, el tío Ambrosio concibió una idea genial. Creía haber encontrado medio de hacer el pinar inviolable. Regresó a la aldea, y guardóse bien de quejarse del robo de los pinos. Al contrario; en las conversaciones junto al fuego, en las deshojas, a la salida de la misa mayor, aseguró que ignoraba el estado del pinar, que no se atrevía a llegarse por allí nunca, aun cuando le interesaba vigilar sus árboles, desde que un día, al caer la tarde, había visto, pero ¡visto con sus propios ojos que había de comer la tierra!, una cosa del otro mundo, probablemente un alma del Purgatorio. Y como la tía Margarida y Felisiña la de Zas le preguntasen, muertas ya de miedo, las señas del alma, el tío Ambrosio la describió minuciosamente: era muy altísima; arrastraba unos paños blancos y unas cadenas que metían un ruido atroz, y daba cada suspiro que temblaba la arboleda. Dos ojos de lumbre completaban el retrato de aquel ser misterioso.

Algunos mozos, preciso es confesarlo, se rieron de la descripción, porque el escepticismo hace ya estragos hasta en las aldeas; pero las mujeres, los viejos y los niños patrocinaron la conseja del tío Ambrosio, y el Grilo fue de los primeros a persignarse si pasaba con sus bueyes por delante del pinar. Frotábase el tío Ambrosio las manos creyendo salvados los pinos, cuando experimentó una gran sorpresa y una impresión profunda: el rapaz de la tía Margarida, Goriños, volviendo del monte al anochecer con un fajo de retama a cuestas, había visto también, en la linde del pinar, el alma. El tío Ambrosio interrogó al muchacho, cuyos dientes castañeteaban aún de terror, y le oyó repetir puntualmente su propia pintura: la estatura agigantada, los blancos lienzos, los ojos de brasa y los plañideros suspiros de la visión del otro mundo.

Pensativo y maravillado en extremo quedó el tío Ambrosio con tan extraña noticia. Mejor que nadie sabía él que lo de la aparición era un embuste gordo. Sin embargo, Goriños lo afirmaba de tal manera y con tal acento de sinceridad, que, ¡francamente!, daba en qué pensar algo y aun harto. Y por si no bastaban las afirmaciones, Goriños cayó enfermo del susto y estuvo ocho días en la cama sangrando del brazo izquierdo.

Hasta que el chiquillo convaleció, el tío Ambrosio, sin saber la razón, sin definirla, no tuvo ganas de dar una vuelta por el pinar. Era preciso ver lo que ocurría, y el viejo necesitaba, para no quitar verosimilitud a su propia invención, ir de modo que no le viesen, a boca de noche. Así lo hizo, provisto de vara y navaja, y rodeando por entre maíces y después por una tejera abandonada ya, en que formaban barrancos los hoyos abiertos para extraer el barro. Iba cautelosamente buscando la sombra de los árboles, ojo alerta, palpitante el corazón. Al encontrarse cerca del pinar, se detuvo un instante, respirando. La luna, que acababa de asomar entre dos sombríos nubarrones, prestaba fantástico aspecto a los negros troncos erguidos y apretados como haces de columnas; y el viento, al cruzar las copas, les arrancaba salmodias lúgubres, que parecían llantos y lamentaciones de ánimas en pena. Volvió la luna a nublarse, y el tío Ambrosio, dispuesto ya a salvar la linde, oyó de pronto un golpe sordo y a la vez un doloroso suspiro. Erizóse su escaso cabello y, despavorido, dio a correr en dirección opuesta al pinar.

A poco trecho andando se rehízo, que, al fin, era duro de pelar el tío Ambrosio, y jurando entre dientes volvió atrás, proponiéndose entrar en su pinarcito, pese a todos los gemidos y porrazos que allá dentro sonasen. Otra vez refulgía la luna en lo alto de los cielos, y su luz, fría y triste, en vez de prestar tranquilidad al espíritu, aumentaba el pavor. Los mil ruidos de la naturaleza, el correteo de las alimañas, el manso rumor del follaje, adquirían a tal hora y en tal sitio medrosa solemnidad. Ya cerca, el tío Ambrosio creyó oír de nuevo el fatídico golpe, apagado, mate, a mayor distancia. Dominó el estremecimiento de sus nervios y adelantó dos o tres pasos. De repente, sus pies se clavaron a la tierra como las raíces de un pino. Saliendo de los más fragoso de la espesura, acababa de aparecérsele, ¡atención!, la "cosa del otro mundo".

Allí estaba, allí, conforme con su descripción, tan alta que sus inflamados ojos parecían brillar en la copa de un árbol, arrastrando melancólicamente las blancas telas del sudario, cuyos fúnebres pliegues movía el viento de la noche; caminando poco a poco, haciendo resonar las roncas cadenas y suspirando horriblemente, como deben de suspirar los precitos... El tío Ambrosio abrió la boca, los brazos después, se tambaleó y cayó para atrás, lo mismo que si le hubiesen atizado un gran palo en la cabeza... Se aplanó contra la tierra, sin movimiento, sin conocimiento, accidentado de susto.

Volvió en sí a tiempo que amanecía. El rocío nocturno, que tendía una red de aljófar y diamantes sobre la hierba, había empapado las ropas del labriego y penetrado hasta sus huecos secos y vetustos. Quiso incorporarse, y sintió agudísimos dolores; se encontraba tullido o poco menos. Gritó, pidiendo auxilio, pero ninguna voz respondió a la suya: el sitio era muy solitario; por allí, desde que faltaban los tejeros, no existía humana vivienda. Mal como pudo y arrastrándose, el tío Ambrosio tomó el camino de su aldea y de su casa; y su mujer, al verle moribundo, se decidió a avisar al médico, con quien estaban arrendados por seis ferrados de trigo anuales. Vino el doctor, y hubo receta larga, porque el tío Ambrosio sufría una fiebre reumática de las más peligrosas. Lenta fue la convalecencia, y el viejo usurero anduvo en muletas más de dos meses. Cuando pudo valerse por su pie, estaba tan consumido y desfigurado, que en la aldea no le conocían.

El tío Ambrosio volvía a la vida con una idea fija incrustada en su meollo agudo y sutil. Quería a toda costa ver el pinar, verlo claramente, lo que se dice verlo. Y como no estaba para caminatas largas, arreó su jumento, y a las doce del día, con un alegre sol, se metió por el sendero y cruzó la linde. Desde el primer instante, advirtió que aquello era una perdición. A derecha e izquierda, entre pocos pinos respetados para encubrir la tala, sólo se divisaban cepos, los unos, frescos, blancos y resinosos; los otros cortados ya de antiguo, denegridos y resquebrajados. Las dos terceras partes del magnífico pinar habían desaparecido. Y el tío Ambrosio, ante aquel espectáculo de horror, descifró perfectamente los golpes sordos, la aparición del alma en pena y la fácil credulidad del Grilo... Crispó los puños, se atizó un recio golpe en la frente, miró al manso borrico y murmuró en dialecto:

-Aún soy yo más.

Hubo larga deliberación, y se celebró una especie de consejo de familia para decidir si era o no conveniente traerse a aquel indígena de la más enriscada sierra gallega a servir en la capital de la región. Ello es que emprendíamos la doma de un potro; tendríamos que empezar enseñando al neófito el nombre de los objetos más corrientes y usuales, dándole una serie de "lecciones de cosas", que me río yo de la escuela Froebel. Pero tan ahítos estábamos del servicio reclutado en Marineda, procedente de fondas y cafés, picardeado y no instruido por el roce, ducho en hurtar el vino y en saquear la casa para obsequiar a sus coimas, que optamos por el ensayo de aclimatación. En el fondo de nuestro espíritu aleteaba la esperanza dulce de que al buscar en el seno de la montaña un muchacho inocente y medio salvaje, hijo y nieto de gentes que desde tiempo inmemorial labran nuestras tierras, ejerceríamos sobre el servidor una especie de donominio señorial, reanudando la perdida tradición del servicio antiguo, cariñoso, patriarcal en suma. ¡Tiempos aquellos en que los criados morían de vejez en las casas!...

Era una mañana serena y pura; el cielo de Marineda justificaba la copla que lo declara "cubierto de azul", cuando llegó a nuestros lares el natural de Cenmozas. Acompañábale su padre, el casero. Padre e hijo se parecían como dos gotas de agua, en las facciones: ambos de rostro pomuloso, moreno bazo, color de pan de centeno; de ojillos enfosados, inquietos, como de ave cautiva; de labios delgados casi, invisibles; de cráneo oblongo, piriforme. Los diferenciaba la expresión, astuta y humilde en el viejo, hosca y recelosa en el mozo; y también los distinguía el pelo, afeitado al rape el del padre, largo el del hijo y dispuesto como la melena de los siervos adscritos al terruño, colgando a ambos lados de su parda montera de candil. Los dos vestían el genuino traje de la comarca montañosa, algo semejante a la vestimenta de los vendeanos y bretones, aunque en vez de amplias bragas usasen el calzón ajustado de lienzo bajo el de paño pardusco. A pesar de la radiante belleza del día, apoyábanse los montañeses en inmensos paraguas colorados.

Mientras el viejo rebosaba satisfacción y contento -como quien está seguro de haber encontrado a su progenie una colocación en que tiene al rey cogido por los bigotes-, y en su fisonomía socarrona retozaba insinuante sonrisa, el mozo, callado y descolorido a pesar del sol que había tostado su epidermis, parecía indiferente a las cosas exteriores. Al ofrecerles asiento, dejáronse caer en él a la vez pesada y tímidamente, penetrados de respeto hacia la silla. Antes de estipular nuestras condiciones, hizo el padre el cumplido panegírico de su Ciprián o Cibrao, que así le llamaba. Las comparaciones elogiosas estaban tomadas de la fauna campesina. Cibrao, maino como una oveja; Cibrao, fiel como un can; Cibrao, trabajador como un lobo (tal dijo, aunque yo ignoraba que el lobo se distinguiese por su laboriosidad); Cibrao, amoroso como una rula (tórtola); Cibrao, ahorrativo como las hormigas; Cibrao, más duro que mula burreña; a Cibrao con cualquier cosa lo manteníamos, porque,

¡alabado sea el Señor!, él venía hecho a todo y su cuerpo bien castigado. Si nos desobedecía en la menor, ¡dale sin duelo! (y el padre ejecutaba el ademán de quien sacude un pellejo a varazos), y si no, llamarle a él, al tío Julián, que vendría desde Cenmozas para arrearle al hijo tal tunda, que no se pudiese menear en cinco semanas. Soldada, la que quisiéramos; ¡demasiada fama teníamos de buenos cristianos para hacer mala partida a nadie! Al mozo, en su mano, ni un "ochavo de fortuna" siquiera: ya se sabe que los mozos cuanto tienen, otro tanto destragan con bribonas y tabernas... Él, el tío Julián, se encargaría de recoger, supongamos, cada dos o tres meses juntos... Si hoy en día pagaba tanto más cuanto por el lugar, y si tanto ganaba el mociño, eso menos nos pagaría al vencer el término de la renta. Y hablando de renta: en estos años tan malos, por fuerza habríamos de perdonarle alguna. Otrosí: la casa del lugar, propiamente estaba cayéndose en ruinas... Venir un día de viento..., y ¡plan!..., ¡adiós, casiña! Luego, con tantas grietas..., los tenía el frío aterecidos. Comprendimos que el tío Julián venía animado del firme propósito de vendernos su "mozo" a trueque de la renta del lugar, reconstrucción de morada y dinero para unos bueyes a parcería, que contaba le sacasen de apuros. En arras de este contrato tácito, ofreciónos dos empedernidos quesos, cuatro onzas de rancia manteca y hasta media fanega de castañas gordas.

Cuando, después de bien comido y regalado, se despidió el viejo labriego, el hijo conservó su inmovilidad y mutismo; ni aun mostró querer acompañarle hasta la puerta o darle alguna señal de afecto o encargo para los que se habían quedado allá en la sierra, adonde el viejo volvía. Por la noche vimos al nuevo servidor acurrucado en un rincón de la cocina, sin querer aproximarse a la mesa para cenar. Ni nuestras palabras, ni las bromas de la joven y alegre doncella, ni las compasivas insinuaciones de la cocinera, mujer ya madura y que tenía un hijo "sirviendo al rey", consiguieron animarle. No consintió probar bocado.

Comprendimos bien esta nostalgia o morriña de los primeros instantes, y esperamos que no duraría. ¡Marineda es tan regocijada los domingos! ¡Ofrece tantas distracciones a un rapaz campesino que sólo ha visto breñas y tojos! ¡Hay tanta música militar, tanto ejercicio de batería; en Carnaval, tanta comparsa...! Y en Semana Santa, ¡qué de procesiones! Ya acabaría Cibrao por chuparse los dedos.

Lo primero, adecentarle, para que pudiese andar entre las gentes y sus compañeros no le hiciesen burla. Un barbero le cortó el pelo y le enseñó el uso del peine; un sastre le arregló ropa de desecho; a provistarle de camisas, de calcetines y elásticas; a plancharle corbatas blancas y embutirle las callosas manos en guantes de algodón. La metamorfosis, al pronto, surtió favorable efecto. Diríase que iba a sacudir su apatía el montañés. Fuese que las guedejas le hacían el rostro más macilento, o fuese por otra razón desconocida, al raparse mejoró de semblante, apetito y ánimo, y ya creímos que el trasplante se realizaba con toda felicidad.

¡Ay! Nuestra satisfacción fue un relámpago. El rapaz se estrenó desastrosamente en el servicio. Ni una potranca de Arzúa, suelta al través de la casa, hace más estropicios. Las manos duras de Cibrao, acostumbradas al sacho y a la horquilla, no acertaban a tocar cacharro ni vidrio sin reducirlo a polvo. Lo cogía con infinitas precauciones, y ¡clin!, ¡plac!, al suelo hecho añicos. Él le echaba la culpa a los guantes, con los cuales aseguraba que "no tenía tientos". El cristal ejercía sobre sus sentidos burdos de labriego extraña fascinación. No lo distinguía de la diafanidad de la atmósfera: tenía delante una copa o una botella, y positivamente "no la veía", o la menos, no distinguía sus contornos. "Maréame", decía al tomar cualquier objeto transparente.

Nos ponía tenedores para la sopa y cucharas para el frito. Las vinagreras las servía al postre. Azotaba los cuadros con el mango del plumero; arrancaba de cuajo los cortinones al intentar sacudirlos; limpiaba el tintero con las toallas finas, y no dejó aparato de petróleo que no descompusiese. Una noche tuvimos la casa, por culpa suya, sepultada en profundas tinieblas.

Con todo ello, nuestro ajuar ganaba poco, y su destructor, menos aún. El azoramiento de las continuas advertencias y regaños, el vértigo de la ciudad, tal vez causas más íntimas, más pegadas al alma del trasplantado, iban demacrando su rostro y apagando sus ojos de un modo que llegó a parecernos alarmante. Algo de compasión y mucho de cansancio e impaciencia nos dictaron la medida de llamar a capítulo al mozo y aconsejarle paternalmente la vuelta a su aprisco serrano. "Vamos, habla claro y sin miedo, rapaz. Nadie te quiere en su casa por fuerza. Llevas quince o veinte días; ya puedes saber cómo te va por aquí. Tú no estás contento." Una chispa luminosa se encendió en las cóncavas pupilas, y los apretados labios articularon enérgicamente:

-Señora mi ama, no me afago aquí.

-Y pasado algún tiempo, ¿no te afarás tampoco?

-Tampoco. No señora.

En vista de la categórica respuesta, escribimos sin dilación al mayordomo de la montaña para que viniese el tío Julián a recoger su cachorro. Sí, que lo recogiese cuanto antes; de lo contrario, ni nos quedaría títere con cabeza, ni el muchacho levantaría la suya. Transmitió el mayordomo la respuesta del viejo. Como él viniese a Marineda, le rompía al hijo todas las costillas, por "escupir la suerte". Y si lo llevaba a la montaña otra vez, era para "brearlo a palizas". Este modo de entender la autoridad paterna nos alarmó un poquillo. Suspendimos toda determinación y comunicamos a Cibrao las órdenes del "patrucio".

Nada contestó. Resignóse. Cayó en una especie de marasmo. Trabajaba lo que le mandasen; pero en cuanto volvíamos la espalda se acurrucaba en un rincón, dejando los brazos colgantes y clavando la quijada en el pecho. Era la calma triste del animal, silenciosa y soporífera, sin protestas ni quejas; la oscura y terca afirmación de la voluntad en el mundo zoológico. Cierto día, al preguntarle, si estaba malo y proponerle un médico, hubo de responder:

-Médico "non" sirve. ¡La tierra me llama por el cuerpo!

Había llegado el mes de noviembre, lúgubre mes en que parece oírse, al través del suelo empapado en lluvia y entre el silbo del ábrego, choque de huesos de difunto y sordas lamentaciones extramundanales. Marineda se vestía de invierno. Retemblaban los cristales al empuje del huracán, y el rugir de los dos mares, el Varadero y la Bahía, hacía el bajo en el pavoroso concierto, mientras la voz estridente del viento parecía carcajada sardónica. En nuestra solitaria calle no se oía a las nocturnas horas sino el paso fuerte y rítmico del sereno, el quejumbroso escurrir del agua, el embrujado maullido del gato, ya rabioso de amor, y algún aldabonazo que resonaba como en el hueco de una tumba. Después de la noche más tormentosa y triste de todo el mes, supimos que Cibrao no quería salir de la cama. Y vino el doctor, y a carcajadas nos reíamos cuando nos enteró de lo que el mozo padecía.

-¡El maula ese! No tiene nada. Ni calentura, ni dolores, ni esto, ni aquello, ni lo de más allá. ¡Cuando les digo a ustedes que nada! Y dice que no la da la gana de levantarse, ¿por qué pensarán? ¿A que no aciertan? Pues porque anoche oyó ladrar, digo aullar un perro, y jura que el dicho perro "ventaba" su muerte.

Pasada la risa, nos entró el arranque humanitario.

-Doctor, ¿caldo y vino? Doctor, ¿unos sinapismos? Doctor, ¿a veces un baño de pies...?

El médico se encogió de hombros enarcando las cejas.

-No veo medicamento, porque no veo enfermedad. Si la hay es en la "sustancia gris", y yo allí no sé cómo se ponen las sanguijuelas ni cómo se aplican los revulsivos. A mal de superstición, remedio de ensalmos. Llamen ustedes al cura de la parroquia, que se traiga el calderito y el hisopo y le saque los enemigos del cuerpo.

Y el doctor Moragas se fue, entre risueño y furioso.

Muchas veces hemos deplorado no seguir acto continuo el consejo irónico del doctor. ¿Quién sabe si las ilustraciones del bendito caldero curarían la pasión de ánimo del montañés.

La noche siguiente yo también oí, entre el silbido del aire y ronco mugido profundo del Cantábrico, la voz del perro que aullaba en son muy prolongado y triste. Me desvelé, y singular desasosiego me oprimió hasta la madrugada, hora en que generalmente recompensa el sueño las fatigas del insomnio.

¿Será creído el desenlace de este caso auténtico, no tan sorprendente para los que nacimos en la brumosa tierra de los celtas agoreros como para los que en regiones de sol tuvieron cuna?

El temor a la incredulidad me paraliza la mano. Apenas me determino a estampar aquí que Cibrao amaneció muerto en su cama.

Le hicimos un buen entierro, y hasta se dijeron misas por su alma primitiva y gentil.

POEMA HUMILDE

Lo que voy a contaros es tan vulgar, que ya no pertenece a la poesía, sino a la bufonada en verso: ni al arte serio, sino a la caricatura grotesca, de la cual diariamente hace el gasto. Sed indulgentes y no me censuréis, porque donde suele verse risa he visto una lágrima.

Lo que voy a contaros son los amoríos del soldado y la criada de servir. Se querían desde la aldea, donde ambos nacieron; y cuando, después de haber destripado terrones toda la semana, las noches de los sábados salían los mozos de parranda y broma, cantando y exhalando gritos retadores, Adrián siempre echaba raíces en la cancilla de Marina, y Marina no se despegaba de la cancilla para dar palique a Adrián. Las tardes de los domingos, al armarse el baileteo sobre el polvo de la carretera, la pareja de Adrián era Marina, y que nadie se la viniese a disputar; y al celebrarse la fiesta patronal, sentados juntos en la umbría de la tupida "fraga" -mientras la gaita y el bombo resonaban a lo lejos, doliente y quejumbrosa la primera, rimbombante y triunfador el segundo-, Marina y Adrián callaban como absortos en el gusto de allegarse, aletargados de puro bienestar. Sólo al anochecer, hora de regreso a sus casitas por los caminos hondos, Adrián, despidiendo un suspirote, soltaba el brazo con que tenía ceñida solapadamente la cintura maciza y redonda de su rapaza.

En bodas no se pensaba aún, porque Adrián iba a entrar en quintas; pero, entre dos estrujones de talle más recios, se había convenido en que, si "le caía la suerte" a Adrián, se casarían al cumplir. Vino, por fin, el sorteo, y tocóle al mozo "servir al rey"; todas las gestiones, empeños y tentativas de soborno del padre de Adrián para que a su hijo le declarasen inútil, fracasaron; en tiempo de guerra se hila muy delgadito, y con las comisiones mixtas, en que entran militares, no hay sutilezas que valgan. Adrián salió a presentarse en el cuartel, y a las dos semanas se marchaba de la aldea Marina, admitida de criada "para todo" en casa de unas señoras solteronas, maniáticas de limpieza, que por treinta reales mensuales la tenían dieciséis horas con el estropajo empuñado o la escoba en ristre. ¡Marina se añoraba tanto!

Acordábase sin cesar del fresco pradito en que apañaba hierba o apacentaba su vaca roja; del soto, en que recogía erizos; del maizal, cuyas panochas segaba riendo; le faltaban aire y luz en el zaquizamí donde dormía, y en la cocina angosta y enrejada en que fregaba pucheros y cazos; y muchas veces soltando el "molido" o el medio limón, dejaba caer los brazos, cerraba los ojos y se veía allá, donde el humo del horno, a guisa de fino velo de tul gris, envuelve la cabaña, a cuya puerta juegan los hermanillos... Mas todo lo olvidaba el domingo, cuando en el gran paseo poblado de árboles, al metálico son de la charanga, daba vueltas y vueltas acompañada de Adrián, que empezaba a acostumbrase a llevar su uniforme de Infantería. Cada domingo se decían lo mismo al tiempo de encontrarse, y al agarrase los dedos, riendo con gozo pueril:

-¡Cómo branqueas, Mariniña!

-¡Y tú qué branco te tornas!

Y era que, en efecto, el ambiente tasado y viciado de la ciudad iba robando a sus caras el tono atezado y rojizo, la sana y dura encarnación campesina:

-¡Cómo branqueas!

-¡Qué branco!

Con tal que no se llevasen a la guerra a su mozo, Marina no se quejaba; trabajaba lo mismo que una negra, frotaba sin descanso cubiertos, cazos y herradas, barría suelos y aporreaba muebles a fin de que todo reluciese como el oro, y no la castigasen quitándole su salida de los domingos en que la obsequiaba con cinco céntimos de barquillos el soldado. Lo peor es que "aquello" de la guerra tenía que venir, y vino; se necesitaba más gente allá en la tragona isla que ya había devorado tantos millares de cuerpos jóvenes y vigorosos, como el horrible "lupus" dicen que devora la carne fresca que le aplican. ¡Más gente! Allí estaba en la bahía el hermoso barco, aguardando su carga, pronto a zarpar, calentado ya sus enormes calderas, cuya sorda actividad estremecía ligeramente el casco cual se estremece el corcel de batalla al olfatear la sangre...

Y se llevaron a Adrián y también a los otros. Marina, sin acordarse del regaño que la esperaba en casa, se pasó la tarde entera plantada en el muelle, aguardando a la tropa. Al parecer Adrián, se le colgó del cuello, dándole un abrazo insensato y muchos besos húmedos de lágrimas, piadosos, sin malicia ni impureza. Al desviarse el soldado, Marina le puso en la mano un papelico que contenía noventa reales -la soldada de un trimestre, el precio de tantas fregaduras-, y en un pañuelo atado, dos camisas gordas y media docena de calcetines baratos, porque ella había oído que en la guerra los militares andan desnudos y descalzos -"¡pobriños!"-. Aquello pasó entre el desorden y el bullicio del embarque, el "chin chin" de la música, las oleadas del gentío que llenaba el Espolón; y Adrián, queriendo conservar su entereza, por no deslucirse ante los compañeros de armas, balbució: "Te non aflijas, Mariniña, que hamos de tornar pronto..."

Después de la marcha de Adrián, bien desearía Marina volver a su aldea, a su vaca, al prado y a la fuente donde charlan las comadres..., pero no podía ser, no; había que esperar la vuelta de la tropa, que ya no tardaría; según los que leían papeles, se andaba trabajando en "meter paz"..., aunque otros papeles aseguraban que lo de "meter paz" iba para largo. Por si acaso, Marina quieta allí, con el muelle a dos pasos de casa, siempre concurrido de gente de mar, que sabe noticias de la isla, que compra los diarios y que se presta a enterar a una infeliz a quien le estorba lo negro... Ellos, los marineros, se encargaban de soletrarle a Marina las cartas de Adrián, muy optimistas, contando que estaban tan gordos y habían comido gallina y unas frutas que saben a gloria, y tomado café fino a cuenta del mambis, y bebido licor, y fumado un tabaco de olé. Cinco fueron las cartas en cuatro meses; de pronto cesaron, y Marina no dudó ni un instante de que Adrián estaba enfermo, muy

enfermo; no difunto, pues por las gestiones de un tendero de ultramarinos donde compraba, había averiguado que oficialmente no "era baja" Adrián. "No ser baja quiere decir estar vivo, mujer", explicaba con suficiencia el tendero.

Por aquellos días empezaron a arribar al puerto buques-hospitales, cargados de enfermos y de moribundos. Daba compasión presenciar el desembarco. Arrastrándose o en camillas; pálidos, con la palidez mortecina de la anemia profunda; cárdenos los labios, apagados los ojos, los vencidos por el clima tenían aún fuerzas para sonreír a la tierra natal, al dulce sol peninsular que calienta y no consume, al aire oxigenado y fresco que no columpia gérmenes de infección en sus diáfanas ondas. Dilataban las pupilas para mirar el caserío níveo, las galerías de cristales, la muchedumbre amiga que los atiende y los recibe apiadada de tanto sufrir..., y les parecía mentira estar otra vez en la España buena, en la que todavía tiene una bandera sola y un solo corazón para los que la defienden. Marina, aunque no entendía jota de eso de la patria, no perdía ni una arribada de buque; porque, ¿quién sabe...?

Y era a cada paso más doloroso el espectáculo que a tales arribadas seguía. Cada nueva hornada traía gente más exhausta; a cada barco aumentaba el número de camillas y disminuía el de los soldados que se dirigían al hospital o al sanatorio por su pie. Una mañana cundió la voz de que acababa de entrar en bahía un buque, tripulado únicamente por cadáveres. Singular parecerá, y lo es, sin duda, el que en los puertos se diga de antemano en qué estado viene el buque que todavía no fondó, y, sin embargo, los que en el puerto de mar han vivido saben que ocurre este fenómeno. Noticias muy tristes corrían acerca del estado del Oceanía, y la imaginación popular, en pocas horas, creó la siniestra leyenda, con sabor germánico, de una embarcación sin otra carga que muertos -buque fantasma, ataúd flotante a merced de las olas-. El muelle rebosaba de curiosos, y a Marina le costó un triunfo abrirse paso. La empujaban, la magullaban, la pellizcaban algún chusco sin entrañas, de esos que en la ocasión más grave alardean de buen humor; pero ella consiguió al fin situarse en primera fila, en sitio preferente, al paso de los enfermos que iban ocupando las camillas. La leyenda tenía fundamento; aquellos no eran enfermos, sino cuerpos inertes, sin movimientos y, al parecer, sin vidas.

Batidos y zapateados durante toda la travesía por furioso temporal, los que no habían sucumbido ni descansaban ya en el fondo de los mares, venían exánimes, lacios, rotos, hechos trizas, en síncope bienhechor, que les impedía darse cuenta de su estado. Su cabeza oscilaba, sus manos colgaban, su respiración era insensible, y hubo dos que, al ser depositados en la camilla, hicieron un movimiento; revolvieron un instante las pupilas... y después las cerraron para la eternidad.

Hacia una de esas camillas se arrojó una rapaza, chillando, llorando a voces, como se llora en la aldea, y mesándose los cabellos. Marina acababa de reconocer a su Adrián... y cuenta que para ello bien se necesitaba la ojeada infalible del amor, que es la misma en todas las clases sociales, la misma en la pobre criada de servir que en la reina. Marina había reconocido a su mozo en aquel agonizante que expiraba al beber el primer aliento, la primera brisa cariñosa de la costa nativa...; y ahora sí que podía exclamar la aldeanilla, ante el rostro exangüe dormido sobre el cabezal:

-¡Qué branco!

Aquella casita nueva tan cuca, tan blanqueada, tan gentil, con su festón de vides y el vivo coral de sus tejas flamentes, cuidadosamente sujetas por simétricas hiladas de piedrecillas; aquellos labradíos, cultivados como un jardín, abonados, regados, limpios de malas hierbas; aquel huerto, poblado de frutales escogidos, de esos árboles sanos y fértiles, placenteros a la vista, cual una bella matrona, me hacían siempre volver la cabeza para contemplarlos, mientras el coche de línea subía, al paso, levantando remolinos de polvo la cuesta más agria de la carretera. Sabía yo que esta modesta e idílica prosperidad era obra de un hombre, pobre como los demás labradores, que viven en madrigueras y se mantienen de berzas cocidas y mendrugos de pan de maíz, pero más activo, más emprendedor; dotado de la perseverancia que caracteriza a los anglosajones, de iniciativa y laboriosidad, y que, a fuerza de economía, trabajo, desvelos e industria había llegado a adquirir aquellas productivas heredades, aquel huerto con su arroyo y a construir en vez de ahumado y desmantelado tugurio, la vivienda de "señor", saludable, capaz, aspirando y respirando holgadamente por sus seis ventanas y su alta chimenea... A veces, desde el observatorio de la ventanilla del destartalado coche veía al dueño de la casa, el tío Lorenzo Laroco, llevando la esteva o repartiendo con la azada el negro estiércol fecundador, exponiendo al sol sin recelo su calva sudorosa y su rojo y curtido cerviguillo, y admiraba, involuntariamente, aquella vejez robusta aquella alegre energía, aquella complacencia en la tarea y en la posesión de un bienestar ganado a pulso y a puño, sin defraudar a nadie, honradamente.

Un día -llegando el coche al alto donde ya se registran los dominios del tío Lorenzo- noté con sorpresa completa transformación. En las heredades en barbecho crecían cardos, escajos y ortigas. La mitad de los árboles del huerto aparecían tronzados, secos algunos; el arroyo se había convertido en charca, y en la fachada de la casa solitaria pendía, a manera de colgajo de carne desprendido por cuchillada feroz, una vidriera que desgajó sin duda la racha del huracán.

Mi exclamación de asombro y pena determinó silenciosa y astuta sonrisa en el aldeano, que, sentado frente a mí, descansaba la barbilla en el puño de báculo del inmenso paraguas rojo -el clásico "paraguas de familia", tan querido del campesino gallego-. Guiñó los ojos sagaces y esperó con sorna la pregunta infalible.

-Mi amigo, ¿sabe si es que ha muerto el tío Lorenzo de Laroco? -pronuncié con interés.

-Morir, no murió -respondió el aldeano pesando las palabras cual si fuesen polvillos de oro.

-Pues ¿cómo veo todo abandonado y hasta la vidriera rota?

-La casa se vende y las tierras también -declaró el buen hombre, con la misma solemnidad y diplomática reserva.

-Pero..., y al tío Lorenzo, ¿qué le pasa?

-El tío Lorenzo... ¡Pchs!..., dicen que embarcó para Buenos Aires.

-¿Y por qué? ¡Un hombre que le iba tan bien aquí!

El labriego meneó la cabeza, adelantó el labio inferior, se encogió levemente de hombros, apretó el cayado del paraguazo, y al fin soltó con énfasis:

-¿Y qué quiere, señora? ¡Cosas de la "fertuna", que "vira" como el viento!

Conociendo algo la psicología de nuestra gente aldeana, comprendí que aunque preguntase y repreguntase no sacaría en limpio la historia dramática que me hacían presentir aquellas truncadas noticias. Por suerte, al día siguiente, cuando salíamos de la misa mayor, me di de manos a boca con el médico don Fidel, sujeto de habla expedita y bien informado de la chismografía rural. Apenas toqué el punto del embarque del tío Lorenzo, exclamó vivamente:

-Ahí tiene usted uno que no emigra ni por falta de recursos, ni menos por sobra de codicia. Satisfecho vivía él en su casita preciosa, y con sus frutales y sus hortalizas, y su hórreo revertiendo maíz, y su panera llena de trigo, como el emperador en su trono. Era un "filósofo" allá, a su manera, el tío Lorenzo, y comprendía que vale más pájaro en mano... Para quien sabe agenciarse y vivir, América está en todas partes... ¡No me lo dijo pocas veces, cuando veía emigrar a los mozos! Y hasta aseguro yo una cosa, y la aseguro porque estoy en autos: que va ese hombre herido mortalmente por el golpe y la aflicción de dejar lo que tantos trabajitos le costó adquirir, porque si cree usted que allí hacía germinar las cosechas el abono, se equivoca: cada espiga era una gota de sudor y un átomo de voluntad del tío Lorenzo!...

-Pues si no se ha ido por necesidad ni por lucro, ¿a qué santo se fue ese hombre? -pregunté, sintiendo que mi curiosidad redoblaba.

-Se ha ido..., ¡verá usted!...: por nada; por una aprensión, por el fantasma de un daño..., por una palabra, por algo que se desvanece en aire. Se ha ido por una amenaza... ¡Una amenaza de muerte, eso sí! De veras espanta observar lo que labra en nuestro cuerpo la lima espiritual de una idea. ¿Usted recuerda al tío Lorenzo? ¿No le veía todos los años al pasar? Pues ya sabe que era un viejo de los que aquí llaman "rufos", colorado, listo como un rapaz, el primero en coger la azada y el último en soltarla, y chusco y gaitero él con las mozas, y amigo de broma, y sin un alifafe ni un humor, ni un dolor en los inviernos. Como que en diez años, que llevo aquí, sólo una vez me avisó, para curarle una mordedura que le había dado en el hombro un burro muy falso, un garañón que tenía. Pues si le ve usted poco antes de embarcar, no cree usted que es el tío Lorenzo, sino su sombra o su cadáver. Se había quedado en los puros huesos; la ropa se le caía; la cara era del color de este papel de fumar, y los ojos los revolvía como los de un loco, así, a derecha e izquierda, y la cabeza así, mirando si venía alguien a herirle a traición...

-¿Y qué mala alma le había jurado la muerte a ese pobre diablo? -murmuré, para atajar las descripciones del médico.

-¡Sí, ahí está lo raro! -exclamó él, exaltado por los recuerdos-. Nadie, o poco menos que nadie; su propio yerno, un majadero, un pillete de la curia. El tío Lorenzo no tuvo de su matrimonio sino una hija, muchacha muy buena y apocadita, que se enamoró de un escribientillo de Brigancia, y contra gusto del padre se casó con él, muriéndose de allí a poco, porque su marido la maltrataba, que es lo más probable, o porque ella era de complexión delicadísima. No quedó sucesión. El tío Lorenzo, entonces, ya empezaba a prosperar, a hacer compras, a tener "pan y puerco."

En éstas, el escribientillo se metió en no sé que gatuperios o trapisondas de falsificaciones, y le echaron de la notaría y de todas partes; se vio en la mayor miseria, y se acordó de su suegro, y se le presentó una mañana, mientras el tío Lorenzo andaba arando. ¿Le sacó o no le sacó, de aquella vez, tajada? En la aldea dicen que sí, porque después se le vio por las romerías bien portado, muy majo, de botas nuevas, jugando y empinando el codo. Pero ya sabe usted lo que son estas cosas: el que chupó quiere seguir chupando. Parece que cuando el tunante ese volvió a pedir dinero, el suegro levantó la azada y se la enseñó, gruñendo: "Ahí tienes lo que te puedo dar: agarra ésta y suda como yo sudo, y comerás y lograrás remediarte." Y el yerno, echando mano al bolsillo y empuñando una faca y abriéndola, contestó asimismo: "Pues en pago de eso que me das, te daré yo esto en las tripas; tan cierto como que se ha muerto mi padre. Suda y revienta y junta ochavos, que el día que estés más descuidado..., con esto te encuentras. Hasta la vista..., hasta luego."

Y usted preguntará: "¿Era hombre el yerno de cumplir esta amenaza?" Pues aquí está lo bueno, y por qué dije que el tío Lorenzo emigró huyendo del fantasma de un daño, y no más que del fantasma. Nadie de los que conocen al escribiente le suponían con agallas para cometer un crimen; porque una cosa es chillar y echar una bravata, y otra hacer... Y, ¡quia! Si tampoco lo creía el tío Lorenzo. Es decir, no lo creía con la razón; pero como la razón es la que menos fuerza nos hace, y como la imaginación estaba impresionada, y como el tunante se dejaba ver en los alrededores y le rondaba la casa y se le presentaba de repente saliendo de tras un árbol, el tío Lorenzo empezó a guillarse..., ¡porque no somos nada, nada!, y le entró una especie de fiebre cotidiana y recuerdo que me llamó a consulta... ¡Una consulta bien original..., una consulta del alma!

"Oiga, don Fidel: yo estoy malo de una idea que se me ha agarrado... Y no piense: me hago cargo, señor, de que esta idea del demonio es una "tontidad"... Déme algo, don Fidel, porque puede ser que con una recetita se me quite; que yo he oído que estas cosas de la cabeza también se pueden quitar con remedios. Ello enfermedad parece, porque cuando me siento algo mejor conozco que estuve aloquecido, y que ni tengo pizca de miedo a ese trasto, ni él es hombre para ponerse conmigo cara a cara. Y si veo esto tan claro como la luz que nos alumbra, ¿en qué consiste que sueñe con "él" todas las noches, y de día, cuando salgo al trabajo, voy mirando siempre para atrás, y hasta juraría que siento que me meten una cosa fría por los lomos...? ¿Ve? Aquí, aquí; que me duele, que ni respirar me deja..." Yo, naturalmente, le desengañé. ¡Esto no se cura en la botica! Si fuese reúma, se lo quitaría con salicilato; si fuese dolor de costado, vejigatorios y sangría... Pero ¿cosa de allá del pensamiento? ¡Sólo Dios! Y el tío Lorenzo, que en medio de todo era terne, me dijo así, unos días antes de la marcha: "Don Fidel, soy más hombre que ese malvado, y se me pone entre las cejas que lo que me cumple hacer es, antes que estar siempre con susto de que me mate, irme yo a él derecho y partirle la cabeza con el azadón... y dejarle en el sitio. Y ya no sueño con la muerte que él me dé, sino con dársela yo. Y tengo unas ganas atroces de verle tendido..., y como no quiero perderme..., ni condenarme..., ahí está, me voy a América..., vendo todo... ¡Al fin de mis años, a rodar por el mundo..." Y lloraba el viejo como un chiquillo al decirme esto..., que, vamos, me conmovió también a mí.

-Según eso, hizo bien en marcharse.

-¡Ay señora! -suspiró don Fidel-. Sí haría bien... Pero ¿qué sabemos? El hombre no puede huir de su suerte... Ayer, en el vapor alemán, he visto embarcarse al yerno, al de la amenaza, que estaba pereciendo de necesidad aquí..., y también se larga a Buenos Aires.

En una de esas conversaciones de sobremesa, comparando a las diferentes regiones españolas, en que cada cual defiende y pone por las nubes a su país, al filo de la discusión reconocimos unánimes un hecho significativo: que en Galicia no se han visto nunca gitanos.

-¿Cómo se lo explica usted? -me preguntaron (yo sostenía el pabellón gallego).

-Como explica un hombre de inmenso talento su salida del pueblo natal (que es Málaga), diciendo que tuvo que marcharse de allí porque eran todos muy ladinos y le engañaban todos. En Galicia, a los gitanos los envuelve cualquiera. En los sencillos labriegos hallan profesores de diplomacia y astucia. Ni en romerías ni en ferias se tropieza usted a esos hijos del Egipto, o esos parias, o lo que sean, con sus marrullerías y su chalaneo, y su buenaventura y su labia zalamera y engatusadora... Al gallego no se le pesca con anzuelo de aire; allí perdería su elocuencia Cicerón.

-Se ve que tiene usted por muy listos a sus paisanos.

-Por listísimos. La gente más lista, muy aguda, de España.

Sobrevino una explosión de protestas y me trataron de ciega idólatra de mi país. Me contenté con sonreír y dejar que pasase el chubasco, y sólo me hice cargo de una objeción, la que me dirigía Ricardo Fort, catalán orgulloso, con sobrado motivo, de las cualidades de su raza.

-Siendo así, ¿en qué consiste -preguntábame- que esa gente de tan superior inteligencia haya tenido tan mala sombra? ¿No es cierto, no lo deploran ustedes mismos, que Galicia se ha visto oscurecida y postergada? ¿Por qué razón Galicia no ha realizado ninguna empresa magna, ni en pro de la nacionalidad, ni aun en su propio beneficio; ni empezó la Reconquista, como Asturias; ni se declaró independiente, como Portugal; ni logró la sabia organización de los fueros, como Vasconia y Navarra; ni fue a dominar el Imperio de Bizancio, como nosotros y los aragoneses; ni vio armarse en sus puertos las carabelas de Colón; ni...?

-Basta -respondí, sonriendo-; con la Historia puede probarse todo. No me faltaría en ese terreno algún argumento; pero admito los de usted y no los discuto. Es más; confieso que a veces me he propuesto a mí misma ese enigma, y sólo para mi uso particular lo he resuelto con una atrevida paradoja. Si no se asustan ustedes de paradojas, allá va...

Segura ya de que no se asustaban, continué así:

-Precisamente por exceso de inteligencia no hicieron los gallegos ninguna de esas cosas estupendas. A los pueblos, la excesiva inteligencia les perjudica. Lo que conviene es una masa de gente limitada, que siga dócilmente a un individuo genial. Cuando la multitud se pasa de lista, y discurre y percibe sutilmente, es dificilísimo guiarla a grandes empresas. La inteligencia ve demasiado el pro y el contra, y las consecuencias posibles de cada acto. La inteligencia mata la iniciativa; la inteligencia disuelve. Si la colectividad tiene pocas ideas y se aferra a ellas con tenacidad suma, hasta con fanatismo cerrado, podría brillar el heroísmo y nacer la epopeya. Reconozcan ustedes que para meterse en las carabelas de Colón; para lanzarse a surcar mares desconocidos, sin ningún fin ni provecho aparente, en medio de cien peligros, con la muerte al ojo..., había que ser... algo bruto. ¡Enseguida atrapan a un gallego en las carabelas de Colón! Con esta raza, dígame usted: ¿qué racha va a sacar el gitano?

-¿De modo que, según usted, los gitanos, en Galicia, no podrían "afanar" nada?

-¡"Afanar"! No les arriendo la ganancia si lo intentasen... Si hay en el gallego un instinto poderoso, es el de la defensa de su propiedad..., y como inmediata consecuencia, el de la "apropiación". Observen al labrador gallego cuando cultiva su heredad lindante con la ajena: a cada golpe de azadón añade una mota de tierra a su finca. El caso más curioso de cuantos he oído, que prueban este instinto de apropiación, es el que me refirieron poco ha. Trátase de un aldeano gallego que se apropió, noten el verbo, no digo robar, porque el robo es contra la ley, y el gallego, a fuer de listo, tiene profundo terror a la antifrástica "Justicia"; que se apropió, repito..., vamos, acierten ustedes lo que se apropiaría.

-¿Una casa? ¿Un hórreo?

-¿Un monte? ¿Un prado? ¿Un manantial?

-¡Bah! ¡Valiente cosa! Eso es el pan nuestro de cada día.

-¿Una mujer? ¿Un chiquillo?

-¡Quia! Nada; si es imposible que ustedes adivinen. Lo que mi héroe, el tío Amaro de Rezois, se apropió bonitamente fue... un toro.

-¿Un toro? Pero ¿un toro bravo? ¿Un toro de verdad?

-De verdad, y de Benjumea, retinto, astifino, de muchas libras y bastantes pies, que debía lidiar y estoquear el famoso diestro Asaúra en la corrida de los festejos de Marineda.

-Pero ¿eso es serio?

-Y tan serio. El episodio ocurrió del modo siguiente...

Todos prestaron redoblada atención, que al fin eran españoles y se trataba de un toro, y yo continué:

-Rezois es un valle muy pobre, a más de tres leguas al oeste de Marineda, entre los escuetos montes de Pedralas y la brava costa de Céltigos. La gente de Rezois, que no puede cultivar trigo, cría ganado en prados de regadío, lo embarca para el mercado de Inglaterra, vende leche y unos quesos gustosos, fresquecillos, y así va sosteniéndose, siempre perseguida por la miseria. Tal vez sea Rezois el punto de Galicia donde se conservan más fielmente el traje regional y las costumbres añejas, y el tío Amaro, con sus sesenta años del pico, ni un solo domingo dejó de lucir el calzón de rizo azul, el "chaleque" de grana, la parda montera y la claveteada porra, que jugaba muy diestramente.

Poseía el tío Amaro dos vacas, las joyas de la parroquia: amarillas, lucias, bondadosas, de anchos ojos negros, finas y apretadas pestañas y sonrosado y húmedo morro. Eran grandes paridoras y lecheras, y el suceso ocurrió en ocasión en que estaban vacías y acababa el tío Amaro de vender los ternerillos, ya criados, a buen precio. Tenía puesto el tío Amaro todo su orgullo en las vacas: y si cuando enfermaba la tía Manuela, legítima esposa del tío Amaro, se tardaba en avisar al engañador y sacacuartos del médico, hasta que el mal decía a voces: "soy de muerte", apenas las "vaquiñas" descabezaban de mala gana la hierba, ya estaba avisado el veterinario, porque, ¡válganos San Antonio milagroso!, los animales no hablan, y sabe Dios si tienen en el cuerpo espetado el cuchillo mientras parecen buenos y sanos...

La noche en que llegaron a Marineda los siete toros destinados a la corrida, uno de los mejores mozos, que atendía por Cantaor, aunque presumo que jamás hizo sino mugir, a la salida del tren se escamó de los cohetes y bombas que, para solemnizar las fiestas, disparaban de continuo, y sin que hubiese medio de evitarlo, tomó las de Villadiego, dejando en la confusión que es de suponer a los encargados de custodiarlo y encerrarlo. Se trató de indagar su paradero, pero ni rastro había quedado de Cantaor, que, como alma que lleva el diablo, iba cruzando sembrados y huertas. Y al amanecer del día siguiente pudiera vérsele descendiendo del monte de las Pedralas al encantador vallecito de Rezois, oasis de verde hierba, que enviaba a los morros abrazados de la res emanaciones deliciosas.

Aunque el sol naciente no había transpuesto el cerro, ya andaba el tío Amaro pastoreando sus vacas por el prado húmedo de rocío. De pronto, sobre la cumbre vio destacarse en el cielo gris la oscura masa de la fiera. El tío Amaro se persignó de asombro al ver un buey tan enorme y tan rollizo. Y Cantaor, ebrio de entusiasmo al divisar las dos lindas vacas, se precipitó al valle, no sin que el labriego, adivinando rápidamente las pecaminosas intenciones del que ya no tenía por buey, tirase de la cuerda y se llevase a las odaliscas hacia el corral, cuya puerta abría sobre el prado. Un vallado de puntiagudas pizarras detuvo al toro, y mientras salvaba el obstáculo, el tío Amaro y las vacas se acogieron a seguro. Sin embargo, el labriego reflexionaba, y se le ocurría la manera de sacar partido de la situación.

Prontamente encerró en el establo a una de las vacas, y, dejando a la otra fuera, se apostó tras la cancilla del corral, como si fuese un burladero. Cuando el toro, ciego de amor, se lanzó dentro, el tío Amaro cabalgó en la pared, saltó al otro lado y trancó exteriormente, con vivacidad, la cancilla.

Lo demás lo adivinarán ustedes. No fue difícil, entreabriendo por dentro la puerta del establo, recoger a la vaca. En cuanto al toro, allí se quedó en el corral, preso y enchiquerado.

El tío Amaro salió aquella misma tarde hacia Marineda, y vendió al empresario el hallazgo del toro nada menos que en cincuenta duros, porque se negaba a descubrir el escondrijo, se quejaba de graves perjuicios en su casa y bienes, y de estos daños el empresario había de responder ante los tribunales.

Y ahí tienen ustedes cómo al tío Amaro de Rezois le valió mil reales el cruzar sus vacas con la casta de Benjumea... ¿Verdad que para la costumbre que hay en Galicia de ver toros y de entender sus mañas, y de lidiarlos, el tío Amaro no anduvo torpe ni medroso?

Al entrar en el bosque, el perro ladró de súbito con furia, y Raimundo, viendo que surgía de los matorrales una figura que le pareció siniestra, por instinto echó mano a la carabina cargada. Tranquilizóse, sin embargo, oyendo que el hombre que se aparecía así, murmuraba en ansiosa y suplicante voz:

-Señorito, por el alma de su madre...

Raimundo quiso registrar el bolsillo; pero el hombre, con movimiento que no carecía de dignidad, le contuvo. No era extraño que Raimundo tomáse a aquel individuo por un pordiosero. Vestía ropa, si no andrajosa, raída y remendada, y zuecos gastadísimos. Su rostro estaba curtido por la intemperie, rojizo y enjuto; y sus ojos llorosos, de párpado flojo, y su cara consumida y famélica, delataban no sólo la edad, sino la miseria profunda.

-¿Qué se ofrece? -preguntó Raimundo en tono frío y perentorio.

-Se ofrece..., que no nos acaben de matar de hambre, señorito. ¡por la salud de quien más quiera! ¡Por la salud de la señorita y del niño que acaba de nacer! Soy Juan, el tejero, que lleva una "barbaridá" de años haciendo teja ahí, en el monte del señorito...

Me ayudaba el yerno, pero me lo llevó Dios para sí, y me quedé con la hija preñada y yo anciano, sin fuerzas para amasar... Y porque me atrasé en pagar la renta, me quieren quitar la tejera, señorito..., ¡la tejera, que es nuestro pan y nuestro socorro...!

Raimundo se encogió de hombros, ¿Qué tenía que ver él con esas menudencias de pagos y de apremios? Cosas del mayordomo. ¡Que le dejasen en paz cazar y divertirse!... Lo único que se le ocurrió contestar al pobre diablo fue una objeción:

-Pero ¡si al fin no puedes trabajar! ¿De qué te sirve la tejera?

-Señorito, por las ánimas..., oiga la santa verdá... He buscado un rapaz que me ayuda, y ya lo tengo ajustado en cuatro reales..., y en poniéndonos a "sudar el alma", yo a dirigir, él a amasar y cocer, pagamos... allá para Año Nuevo..., la "metá" de la deuda. Yo no pido limosna, señor, que lo quiero ganar con mis manos... ¡Acuérdese que todos somos hombres mortales, señorito!, y que tengo que tapar dos bocas: la hija parida y el recien... La hija, por falta de "mantención", se me está quedando sin leche, señorito, porque en no teniendo, con perdón, que meter entre las muelas, el cuerpo no da de suyo cosa ninguna, ni para la crianza ni para el trabajo...

Impaciente, Raimundo fruncía el ceño; le estaban malogrando la ocasión favorable de tirar a las codornices; y al fin, él no sabía palotada de esas trapisondas. Hizo ademán de desviar al viejo, el cual continuaba atravesado en el camino, y refunfuñó:

-Bien, bien; yo preguntaré a Frazais... Veremos que me dice de toda tu historia...

¡A Frazais! ¡Al mayordomo implacable, al exactor, a la cuña del mismo palo, al que se reía de las necesidades, las desdichas y las agonías del pobre! La esperanza de Juan, el tejero, súbitamente, se apagó como vela cuando la soplan; reprimió un suspiro sollozante, una queja furiosa y sorda; alzó la cabeza, y apartándose sin decir palabra, caló el abollado sombrero y desapareció entre el castañar, cuyo ramaje crujió lo mismo que al paso de una fiera...

Vagando desesperado, sin objeto alguno, triste hasta la muerte, encontróse Juan, después de media hora, en el parque de la quinta, que lindaba con la tejera, y se paró al oír una voz fresca que gorjeaba palabras truncadas y cariñosas. Al través de los troncos de los árboles vio sentada en un banco de piedra a una mujer joven, dando el pecho a una criatura. Bien conocía Juan a la nodriza: era la Juliana, la de Gorio Nogueiras; pero ¡qué maja, qué gorda, que diferente de cuanto "sachaba" patatas ayudando a su marido! ¡Nuestra Señora, lo que hace la "mantención"! El seno que Juliana descubría, y sobre el cual caía de plano el sol en aquel instante, parecía una pella de manteca, blanca y redonda...

Y Juan, acordándose de que su hija se iba secando, oía con indescriptible rabia el "glu, glu..." del chorrito regalado de dulce leche que se deslizaba por entre los labios del pequeñuelo, el hijo del señorito Raimundo, y que le criaría unas carnes más rollizas aún que las de Juliana, unas carnes de rosa, tiernas como las de un lechoncillo...

Mientra Juan contemplaba el grupo, sintiendo tentaciones vehementes, absurdas, de salir y hacer "una barbaridá", para vengarse de los que no les importaban que reventasen los pobres; un hombre, un labrador, se deslizaba furtivamente hasta el banco donde Juliana daba el pecho. Juan le reconoció y comprendió: era el marido del ama, Gorio Nogueiras; y el no mostrar Juliana sorpresa alguna, y la expresiva acogida que hizo al recién llegado, le probaron que los cónyuges tenían por costumbre verse y hablarse así, a escondidas, en aquel retirado lugar.

Juliana, prontamente, había retirado el seno de los bezos del mamón, y, descubierta la diminuta faz de este, iluminada por el sol claro, Juan se sorprendió: el hijo del señorito Raimundo se asemejaba a su nieto, al nieto del tejero, como un huevo a otro; todos los niños pequeños se parecen; pero aquellos dos eran exactamente idénticos: los mismos ojos azulinos, la misma nariz algo ancha, la misma tez de nata de leche, la misma plumilla rubia saliendo de la gorra y cayendo en dos mechones ralos sobre la frente abultada.

¡Qué iguales los ricos a los pobres, mientras no empieza la "esclavitú" del trabajo y la falta de "mantención"! Juan, cavilando así, adelantó dos pasos para ver mejor; las hojas crujieron..., y Juliana y Gorio, espantados, se echaron de rodillas a punto menos, para rogarle por caridad que no los descubriese, que no contase que los había visto... ¡Hablar un marido con su mujer no es pecado ninguno, cacho! -exclamaba Gorio, interpelando al tejero para que le diese la razón-. ¿Cuándo se ha visto entre cristianos privar al marido de la vista de la mujer?

-No pasar cuidado -declaró Juan-; que por mí, ni esto han de saber los amos... Allá ellos que se "auden", que nós nos "audamos" también... No somos espías, hombre, ni vamos a echar a pique a nadie... ¡Ir yo con el cuento! Antes me corten el gañote... Y si queredes estar en paz y en gracia de Dios, yo vos llevo el chiquillo ahí a mi casa... Allí lo poderás recoger, Juliana, que te lo entretendremos... Ya sabes el camino; detrás de los castaños, tornando a la derecha...

-¿Y si llora la joyiña de Dios? -preguntó Juliana con la involuntaria e instintiva solicitud de la nodriza por el crío.

-Si llora, la hija mía le da teta... Criando está como tú... -respondió decisivamente el viejo Juan, en cuyos ojos lacrimosos y ribeteados lució una chispa de voluntad diabólica. Y cogiendo al niño cuidadosamente, meciéndole y diciéndole cosas a su modo, se alejó rápidamente, dejando a los esposos libres y satisfechos.

Tres cuartos de hora después, Juliana, sola, inquieta, muy recelosa de que al volver a casa le riñesen por la tardanza, pasó a recoger el niño en la casucha del tejero, mísera vivienda desmantelada, donde el frío y la lluvia penetraban sin estorbo por la techumbre a teja vana y por las grietas y agujeros de las paredes. No necesitó entrar: a la puerta, que obstruían montones de estiércol y broza, sobre los cuales escarbaban dos flacas gallinas, la esperaba ya el tejero con la criatura en brazos, arrullándola para que no lloriquease...

-¡Ay riquiño, que soledades tenía de mí; que mala cara se le "viró". ¡Si "hastra" más flaco parece! ¡Si a modo que se le cae la ropa! -chilló apurada la nodriza apoderándose del niño y apresurándose a desabrocharse para ofrecerle un consuelo eficaz de su momentáneo abandono...

-Ya se le "virará" buen color con el tiempo, mujer, ya se le "virará" -afirmó filosóficamente el viejo.

Y mientras la mujer, azorada, estrechando y alagando al angelito, corría en dirección a la quinta, Juan, el tejero, sonreía con su desdentada boca, y se restregaba las secas manos, pensando en su interior: A nosotros nos echarán y nos iremos por el mundo pidiendo una limosnita... pero lo que es el nieto mío, pasar no ha de pasar necesidá; y el hijo de los amos..., ese, que "adeprenda" a cocer teja cuando tenga la edá..., si llega a tenerla, que ¡sábelo Dios! En casa del pobre muérense los chiquillos como moscas..."